www.tredition.de

Sam Hoffmaster

Ich bin Waltzing Matilda

www.tredition.de

Verlag: tredition GmbH, Hamburg

ISBN
Paperback: 978-3-7439-5411-3
Hardcover: 978-3-7439-5412-0
e-Book: 978-3-7439-5413-7

Printed in Germany

Combo-Billabong, 3. September 1894

Ich hatte in der Nacht von Sonntag auf Montag kaum geschlafen. Der Ritt durch die Nacht, unser Feuergefecht mit McPherson und der Brandanschlag auf den Schafstall seiner Dagworth-Farm kurz nach Mitternacht haben viel Kraft gekostet. Ich war aber glücklich, denn wir hatten unser Ziel voll erreicht: Bob McPherson würde am heutigen Montag kein einziges Schaf scheren lassen. Meine Kollegen waren stolz auf mich, es ist alles erfolgreich abgelaufen.

Die Gedanken tobten in meinem Kopf herum und ich versuchte, noch einmal die gesamte Situation zu ordnen und zu verarbeiten: zwei harte, lang andauernde Streiks der

Schafscherer, mein besessener Kampf um bessere Löhne und gerechtere Arbeitsbedingungen für meine Kollegen, mein inniger Traum von einer besseren und gerechteren Welt, meine Vision von einer völlig anderen Gesellschaft.

Vielleicht bin ich unter meinem Coolibah-Baum schliesslich doch noch etwas eingenickt, als mein brauner, verknitterter Lederhut mir in die Stirn rutschte. Auch im Halbschlaf setzten sich die Gedanken fort, ich war aber in gewisser Weise entspannt und glücklich.

Plötzlich strahlt mir die grelle Morgensonne ins Gesicht, einige der matten gräulich-grünen Blättchen des riesigen Eukalyptusbaumes über mir lassen das Sonnenlicht blinken. Es muss gegen sieben Uhr gewesen sein, vielleicht auch später. Ich wache auf, blinzle und sehe neben einem grauen, scharfkantigen Felsbrocken zwei Gestalten im gleissenden Gegenlicht. Sie bauen sich in einiger Entfernung vor mir auf. In der tief stehenden Sonne erkenne ich das Funkeln mehrerer blanker Knöpfe auf ansonsten dunkler Kleidung. Sie sitzen in zwei Reihen nebeneinander auf dem dunklen Stoff: es sind Uniformen.

Ich sehe, wie eine der Schattenfiguren seine Pistole auf mich richtet und sie entsichert. Alles spielt sich in nur wenigen Sekunden ab, aber ich erinnere mich noch an viele Details. Die Situation wirkt gespenstisch auf mich, weil ich im blendenden Sonnenlicht die Gesichter der beiden Ankömmlinge nicht erkennen kann. Die beiden

Männer erscheinen mir wie schwarze Scherenschnitte vor einem hellgrün erleuchteten Hintergrund.

Einer der beiden Schattenrisse, umrahmt von den glitzernden Sonnenstrahlen, kommt zögerlich einen Schritt näher auf mich zu und ruft

„Sam Hoffmeister, steh auf! Polizei! Wir haben dich endlich gefunden. Jetzt wirst du für deine Taten büssen! Wir bringen dich auf die Polizeiwache und dann vor ein Gericht."

Im Gegenlicht blitzen die Metallknöpfe an seiner dunklen Uniform auf, während er sich mir langsam und behutsam Schritt für Schritt nähert. Der andere Mann schreit mich an:

„Frenchy, du bist verloren. Ergib dich und steh auf!"

In Panik springe ich auf, Adrenalin schiesst in mein Blut und setzt blitzschnell unbändige Kräfte in meinen Muskeln frei. Ich laufe so schnell ich kann in die entgegengesetzte Richtung, zum Wasser hin. Zum Glück stehen die beiden Männer noch einige Meter von mir entfernt und es gelingt mir, hinter einem Gebüsch aus ihrem Sichtfeld zu verschwinden. Im Laufen schreie ich noch zurück

„Ihr kriegt mich nicht lebendig! Lieber sterbe ich, als dass ich von euch gefangen genommen werde!"

Nur noch ein paar Meter und das trübe Wasser des Billabongs ist erreicht. Ich stürze mich hinein, tauche unter. Das Wasser reicht mir aber nur bis zur Hüfte, der durchweichte klebrige Schlamm verhindert jede weitere Bewegung. Ich stecke fest und kann nicht weiter fliehen, bin verloren. Es gibt kein Entkommen.

Die beiden Männer erreichen abgehetzt nach wenigen Sekunden das Ufer:

„Komm heraus, Hoffmeister. Hier sind die Handschellen, wir bringen dich zur Polizeiwache in Kynuna. Ergib dich, du hast verloren."

In der ausweglosen Lage überlege ich nicht lange, ziehe spontan meinen alten Rimfire-Revolver aus dem Holster. Er ist nass geworden, aber er funktioniert noch. Ich lade durch, es macht ein kurzes Klack. Blitzschnell reisse ich meinen Mund weit auf, stecke die Pistole tief in den Rachen. Alles spielt sich in Bruchteilen von Sekunden ab. Sofort löst sich eine Kugel und schiesst senkrecht nach oben in meinen Kopf. Ich bin sofort tot.

Hat sich alles so abgespielt an jenem berühmten Wasserloch im tiefsten australischen Outback? Oder war es vielleicht ganz anders?

Beschwerliche Reise nach Queensland

Es ist früher Abend des 28. Dezember 1894. Die Sonne steht schon tief am Horizont und es ist noch immer sehr heiß an diesem Hochsommertag in Australien. Mit lautem Pferdegetrappel biegt die Kutsche von Cobb & Co in die Elderslie Street in Winton ein. Auf der Straße mischen sich Hitze, Lärm und Staub, das Atmen fällt schwer. Pferdekutschen und einige wenige Automobile prägen das Straßenbild dieser quirligen Kleinstadt im Outback von Queensland. Der Kutscher ruft ein „Whoa there“, doch sein Gespann hätte dieser Aufforderung nicht bedurft. Die vier fuchsfarbenen Pferde mit ihren langen Mähnen bleiben schnaufend vor dem North Gregory Hotel stehen. Sie sind müde, wissen genau, dass ihr Arbeitstag hier endet.

Auch die fünf Fahrgäste fühlen sich wie gerädert nach der anstrengenden letzten Tagesetappe in der schaukelnden Kutsche. Ewan McPherson und seine beiden Töchter Christina und Jean klettern erleichtert aus der Kutsche, die am Morgen des Vortages den Bahnhof von Longreach verlassen hatte. Es war das letzte Teilstück einer langen, beschwerlichen Reise von Melbourne im Süden Australiens bis in das abgelegene Städtchen Winton im nordwestlichen Queensland.

Vater und Töchter reisten zunächst komfortabel mit dem Dampfschiff entlang der Ostküste Australiens über Brisbane nach Rockhampton. Im Jahre 1880 wurde die

Schiffslinie der Melbourne Steamship Company zwischen Melbourne und Brisbane bis Rockhampton erweitert. Eingesetzt wurden Vollsegler mit Eisenrumpf und zusätzlichem Dampfantrieb. Im hinteren Teil der Schiffe und im Unterdeck wurde Fracht transportiert, während für die Passagiere das Oberdeck zur Verfügung stand.

Vorbei an zahllosen Inseln, und meist in sichtbarer Entfernung zur Küste, verbrachte die kleine Reisegruppe den ersten Teil ihrer langen Reise recht behaglich in ihren freundlichen Kabinen der ersten Klasse mit eigenem Bad und guter Verpflegung. Für die über 2000 km lange Schiffsreise waren die Schiffe damals knapp eine Woche unterwegs.

Nach ihrer Ankunft in Rockhampton setzten sie ihre Reise fort in einem Zug der neuen, erst im Jahre 1892 fertig gestellten Eisenbahnlinie der Central Railway Gesellschaft. Eigentlich war es ein Güterzug zum Transport von Ausrüstungen und Waren zwischen den grossen Farmen im abgelegenen Hinterland und dem Hafen. Am Zugende hatte die Eisenbahngesellschaft einige Reisezugwagen angehängt, um zusätzlich auch Fahrgäste befördern zu können.

Für die 680 Kilometer lange Strecke nach Westen brauchte der Zug fast zwei Tage. Dem Wendekreis des Steinbocks folgend passierte die Bahn zuerst die grünen, satten Wälder der Küstenebene, bevor dann die östlichen Ausläufer eines Mittelgebirges, der Great Dividing

Range, überquert wurden. Der Wechsel der Landschaften und ihrer Farben, von sattem Grün bis hin zu gelblichen Tönen trockenen Grases, machte diese Fahrt trotz aller Anstrengungen zu einem Erlebnis. Der Zug stoppte häufig, um Waren und Güter zu laden und entladen, immer eine Gelegenheit für die Reisenden, sich mit Essen und Getränken zu versorgen.

Das letzte Teilstück der Bahnstrecke bis Winton fehlte noch, sodass sie diesen letzten Abschnitt ihrer langen Reise von rund 180 Kilometern Länge in einer Pferdekutsche der Firma Cobb & Co zurücklegen mussten. Cobb & Co war dafür bekannt, die modernsten Kutschen und gut ausgebildete Fahrer einzusetzen. Sie verfügten über ein enges Netz von Stationen, an denen meist etwa alle dreissig Kilometer die Pferde gewechselt wurden. Auf diese Weise konnten die Postkutschen von Cobb & Co auf den unbefestigten Landstrassen mit vier Pferden eine für damalige Verhältnisse hohe Reisegeschwindigkeit von im Durchschnitt rund 12 km/h erreichen, mehr als ihre Konkurrenten.

Kutsche Cobb & Co, Quelle Cgoodwin (creative commons)

Dennoch standen den McPhersons nun die anstrengendsten zwei Tage der gesamten langen Reise bevor. Andererseits wurden sie durch die Aussicht auf eine offene grüne Hügellandschaft entschädigt: endlos erscheinende Wiesen mit golden glänzenden Ähren des Mitchellgrases, oft durchzogen von Bachläufen, gesäumt mit Eukalyptusbäumen. Ein angenehmer Wind aus nördlichen Richtungen machte die Fahrt in der teils offenen Kutsche noch einigermassen erträglich.

Auch die regelmässigen Pausen zum Pferdewechsel kamen den Reisenden sehr gelegen, konnte man sich immer wieder ein paar Minuten ausruhen und von dem Rattern der metallbeschlagenen Räder, dem Schlagen der Pferdehufe und dem Schaukeln des hölzernen Gefährts etwas erholen. Jetzt, gegen Ende des Jahres, ist der Boden im Outback trocken und hart. Tagsüber brennt die Sonne aus einem wolkenlosen Himmel, während es nachts ziemlich kühl werden kann. Insgesamt verläuft das letzte Teilstück der Reise ohne Probleme und die die McPhersons erreichen ihr Ziel Winton weitgehend pünktlich am Abend.

Schnell bildet sich eine Menschentraube, als das Pferdegespann das North Gregory Hotel mitten im Zentrum Wintons erreicht. Das Gebäude wurde im Jahre 1879 erbaut und hat, wie die meisten Gebäude in Queensland, umlaufende Arkaden aus Holz und eine weiß gestrichene überdachte Veranda im Obergeschoss. Schön verziert sind ihre schwarz lackierten gusseisernen Stützen und Geländer, die dem Haus einen gediegenen Charakter verleihen. Das North Gregory Hotel ist das erste Hotel am Platze und dient den Viehzüchtern und reichen Kaufleuten aus der Umgebung als Treffpunkt. Zugleich ist es eine Poststation.

Die herbei eilenden Menschen freuen sich über die Ankunft der Kutsche, sie erwarten Pakete und Briefe oder Freunde und Verwandte. Winton ist die einzige Stadt im Umkreis von über hundert Kilometern. Ihre Anziehungskraft im Outback verdankt sie besonders ihren vier Pubs und dem North Gregory Hotel. Es gilt als das angesehenste und grösste Hotel jenseits von Longreach.

Die McPhersons und die übrigen beiden Fahrgäste klettern erschöpft aus der Kutsche.

„Komm, Vater. Jetzt gehen wir erst einmal ins Hotel und ruhen uns aus" prustet Christina und bittet den Kutscher, die Koffer vom Dach der Kutsche zu holen. Ein Hoteldiener trägt sie ins Haus. Vater McPherson wischt sich den Schweiß von der Stirn und murmelt vor sich hin

„In meinem Alter ist diese Reise eine Strapaze, hoffentlich sind wir bald auf Dagworth bei meinen Söhnen."
und folgt mit unsicheren Schritten den beiden jungen Damen, die sich schon zur Rezeption begeben haben. Er trägt trotz der sengenden Hitze ein Sakko über dem weissen Hemd. Die gerade geschnittenen Hosen sind aus

einem leichten Baumwollstoff mit Streifenmuster. Seinen Kopf ziert eine dunkelgraue Melone.

Gegenüber der Rezeption an der rechten Seite der Empfangshalle des Hotels erblickt man durch eine offene doppelflügelige Tür die Gastwirtschaft, die Public Bar. Hier hat sich schon am frühen Abend eine fröhliche Gesellschaft eingefunden. Die Leute unterhalten sich angeregt, trinken ihr Bier und in der Ecke des Raumes spielt eine Musikband beliebte Countrymusik. Eine junge Frau mit langem dunklem Haar versucht, gegen die allgemeine Lautstärke anzusingen. Es ist ein Freitagabend und die Leute geniessen ihren Feierabend nach einer anstrengenden Arbeitswoche.

Plötzlich eilt jemand auf Christina zu. Sie sieht nur einen Schatten hinter sich vorbei huschen und erstarrt.

Berlin im September 1878

Die Gläser klingen laut an einander,
„Auf Dein besonderes Wohl, lieber Samuel! Und nochmals herzliche Glückwünsche zu Deinem heutigen sechzehnten Geburtstag!"
ruft Franz Grassnik, der Wirt des Wirtshauses „Restaurationslokal" in der Prenzlauer Promenade und spendiert eine Runde helles Bier. Die Tischnachbarn stimmen ein und lassen mich als Geburtstagskind hoch leben. Es ist der 12. September 1878. Das Hinterzimmer des Gasthauses dient seit seiner Eröffnung vor zwei Jahren als Treffpunkt der Sozialdemokraten in Berlin. Seit mehr als einem Jahr schon nehme ich an den regelmäßigen Zusammenkünften teil und versuche,

mich aktiv in die Parteiarbeit einzubringen.

Die Wände des kleinen Raumes sind mannshoch mit dunklem Holz getäfelt, das einzige schmale Doppelfenster an der Stirnwand lässt nur wenig Tageslicht einströmen. Der Versammlungstisch in der Mitte des länglichen Raumes bietet etwa 20 Personen Platz und ist heute besonders gut besetzt. Es sind nur Männer anwesend. Der Wirt bringt noch einige Gläser Bier und ruft in die Runde

„in Kürze erwarten wir Herrn Wilhelm Liebknecht, unseren Reichstagsabgeordneten und Mitbegründer unserer Partei! Wir freuen uns alle schon darauf, dass er zu uns sprechen wird."

Fast alle der Anwesenden rauchen und der Raum hat sich in eine graublaue Wolke gehüllt. Sie sitzen in ihren schmucklosen braunen und grauen Männeranzügen an beiden Seiten des alten Holztisches mit massiver blanker Holzplatte. Ihre dunklen Röhrenhosen, Hemden, Jacken und Westen zeugen von Funktionalität und Sachlichkeit. Es ist bürgerliche Normalkleidung. Die Menschen gestikulieren lebhaft, meine Mitstreiter und ich diskutieren wie an jedem Donnerstag lautstark die aktuellen gesellschaftspolitischen Probleme Berlins.

Wilhelm Liebknecht betritt den kleinen Saal. Alle Blicke richten sich zur Tür, der Lärm verstummt. Wir Genossen erheben uns von unseren Plätzen und begrüssen den Gast mit kraftvollem, herzlichem Applaus. Liebknecht legt Hut und Mantel ab und begibt sich zu seinem Platz am Kopfende des großen Tisches, vorn am Fenster. Unter seinem edlen dunkelgrauen Wollanzug trägt er eine schwarze Weste. Für mich wirkt sein Kinnbart etwas ungepflegt, er passt nicht so recht zu seiner sauberen ordentlichen Kleidung mit weißem Hemd und silberfarbener Krawatte.

Liebknecht nimmt sein Glas mit dem frischen Bier, das ihm der Wirt soeben serviert hat.

„Liebe Genossen, ich begrüße Euch sehr herzlich. Gern komme ich heute in Eure Versammlung, um über die neuesten Entwicklungen in unserer Partei und in der Gesellschaft zu berichten und mit Euch zu diskutieren. Aber erst einmal

trinken wir alle auf das Wohl
unserer Partei!"

Er nimmt wieder Platz und plaudert eine Weile mit seinen Tischnachbarn, bis er sich nach einigen Minuten langsam von seinem Stuhl erhebt und mit seiner Ansprache beginnt.

Themen seiner Rede sind seine persönlichen Erlebnisse
während der Revolution von 1848, die daraus von ihm entwickelten politischen Ziele als radikaldemokratischer Revolutionär. Natürlich hebt er auch die bisher erreichten Erfolge der sozialistischen Arbeiterbewegung im Deutschen Reich hervor. Als Mitglied des von Ferdinand Lassalle gegründeten Allgemeinen Deutschen Arbeitervereins ADAV habe er nach grundlegenden politischen

Meinungsverschiedenheiten gemeinsam mit August Bebel und weiteren Genossen im Jahre 1866 die Sächsische Volkspartei gegründet, die drei Jahre später in der Sozialdemokratischen Arbeiterpartei SDAP aufging und 1875 zur Sozialistischen Arbeiterpartei SAP wurde. Seit seiner Wahl in den Deutschen Reichstag im Jahre 1874 habe er in zahlreichen Debatten vehement die Position der Sozialdemokraten gegenüber dem Parlament und dem Reichskanzler Bismarck vertreten. Ein besonderer Applaus ertönt von uns Zuhörern, als er von der Gründung des Parteiorgans „Vorwärts" berichtet, das wir an der Parteibasis alle mit großem Interesse lesen.

Die Sonne an diesem Herbst-Nachmittag steht schon tief und

schickt ihre schwachen Strahlen durch das kleine Fenster am Kopfende des Saales. Der Raum wirkt gespenstisch erleuchtet, die Sonnenstrahlen brechen sich in den dichten, schillernden Rauchschwaden aus Zigarren-, Zigaretten- und Pfeifenqualm, der inzwischen den ganzen kleinen Saal ausfüllt. Wilhelm Liebknecht steht in seiner vollen Größe vor dem Fenster, Sonnenlicht und Rauch verleihen seiner imposanten Erscheinung in Verbindung mit seinen eindrucksvollen Gesten und Äusserungen etwas Übermenschliches. So empfinde ich es jedenfalls in diesem Augenblick. Jedes Wort meines großen politischen Vorbildes sauge ich in mir auf.

Jemand steht auf, um die Petroleumlampen anzuzünden. Die zwei verstaubten, schäbigen Deckenlampen kämpfen mit ihrem schalen Licht gegen die letzten Sonnenstrahlen und die Rauchschwaden an und lassen den Redner langsam aus seinem Schattenriss heraustreten.

Liebknecht schließt seine Rede mit mahnenden Worten zu den aktuellen politischen Vorhaben des Reichskanzlers. Es liege schon seit Mai ein Gesetzentwurf zur Behinderung der politischen Arbeit der Sozialdemokraten vor, der einem Verbot der Bewegung gleich komme. Gerade in einer Zeit der wirtschaftlichen Krise, unter der die Arbeiterschaft besonders zu leiden habe, sei eine starke Sozialdemokratie als politische Vertretung des Volkes unabdingbar.

„Ich werde mich weiterhin mit meiner ganzen Kraft für die Interessen der arbeitenden Bevölkerung in Deutschland einsetzen, zum Wohle unseres Vaterlandes, zur Verbesserung der Lebensbedingungen unserer Menschen! Ich danke für Eure Aufmerksamkeit."

Unter großem Beifall der Zuhörer nimmt Liebknecht wieder Platz und eröffnet die Diskussion. Ich nutze als erster die Gelegenheit, dem prominenten Parteimitglied eine Frage zu stellen.

„Herr Liebknecht, wenn der Reichstag tatsächlich unsere Partei verbieten sollte, wie geht es dann weiter mit unserer Arbeit?"

Liebknecht macht ein besorgtes Gesicht. Es wird ruhig im Saal.

„Liebe Genossen, wir müssen uns darauf vorbereiten, dass Bismarck für sein Gesetz im Reichstag eine Mehrheit bekommt. Dann heißt das für uns alle, dass wir unsere Arbeit im Verborgenen fortführen müssen."

Er erhebt sich erneut von seinem Platz und gestikuliert wild mit seinen Händen:

„Ein Aufgeben kommt für uns nicht in Frage. Wir werden für unsere wichtigen politischen Ziele gemeinsam mit den Gewerkschaften dann auf anderen Wegen weiter arbeiten, auch wenn es zu Verfolgungen und Verhaftungen kommen sollte. Mit unseren Idealen sind wir tief in der Arbeiterschaft verwurzelt, deshalb werden wir auch solche Rückschläge erfolgreich überwinden."

Nach einigen weiteren interessanten Diskussionsbeiträgen verlässt Liebknecht die Versammlung, während in unserer Runde eine hitzige Diskussion über die geplanten sogenannten Sozialistengesetze entbrennt.

Mit meinen erst 16 Jahren gehöre ich an diesem Abend zu den eifrigsten Mitstreitern in der politischen Runde. Ich versuche, mit scharfsinnigen, wortgewandten Beiträgen auf mich aufmerksam zu machen, um vielleicht später einmal eine wichtige Rolle bei den Sozialdemokraten spielen zu können.

Am nächsten Morgen sitze ich wie immer um 7 Uhr am Frühstückstisch. Anna, unser freundliches junges Dienstmädchen aus Pommern, hat Kaffee gekocht, serviert Obstsaft,

Wurst und Käse, ein reichhaltiges Frühstück. Neben mir sitzen meine ältere Schwester Pauline Luise, mein zwei Jahre jüngerer Bruder Johannes Traugott und meine jüngste Schwester Wilhelmine Henriette.

Das Esszimmer strahlt mit seinen dunklen, matt glänzenden Möbeln aus Nussbaum und den edlen Gardinen mit floralem Muster eine gewisse Eleganz aus. Die bodentiefen Fenster öffnen sich zu einem kleinen Garten mit Büschen und Bäumen, verziert mit einigen hübschen Steinfiguren und Vasen aus Ton. Im Vergleich zu den beengten Wohnverhältnissen der meisten Bürger Berlins strahlt mein Elternhaus in der Ackerstraße einen gewissen bürgerlichen Wohlstand aus, obwohl diese Gegend zu den eher ärmlicheren Bezirken Berlins gehört.

Anna packt mir Obst und Butterbrote in meine braune Ledertasche, mit der ich mich wie jeden Tag zu Fuss auf den Weg zur Schule mache. Unsere Eltern, Gustav Adolph Hoffmeister und Charlotte Albertine Henriette, geb. Beier, haben bereits früh das Haus verlassen und sind in ihrer kleinen Fabrik in der Brunnenstraße eingetroffen. Mit ihrer Firma G.A. Hoffmeister, die Maschinenteile für die holz- und metallverarbeitende Industrie produziert, haben sie es in den Jahren des Wirtschaftsbooms der Gründerzeit mit Fleiß und Zielstrebigkeit zu einem bescheidenen Vermögen gebracht.

Meine Schule, das Friedrichsgymnasium in der Friedrichstraße 126, erreiche ich nach einem Fußweg von etwa 20

Minuten. Mein Klassenzimmer liegt im Vorderhaus, das im Jahre 1850 errichtet wurde. Die Fenster im vierten Stock sind in Form von 9 Rundbögen ausgebildet, während die übrige Fassade rechteckige Fenster aufweist. Durch gute schulische Leistungen gelang es mir im letzten Jahr, eine Klasse zu überspringen. Ich nehme aktiv an allen Schulfächern teil und meine Mitschüler haben mich bereits zweimal zum Klassensprecher gewählt. Besonders interessieren mich gesellschaftliche Fragen, die viel zu selten in der Schule angesprochen werden. Dabei habe ich den Eindruck, von dem eher konservativ geprägten Lehrerkollegium zunehmend misstrauisch beäugt zu werden. Noch ist aber niemandem bekannt, dass ich mich politisch bei den Sozialisten engagiere.

Anreise Dagworth

Christina steht wie angewurzelt in der Public Bar im North Gregory Hotel in Winton. Wie aus dem Nichts erschallt plötzlich hinter ihr eine vertraute Stimme,

„Hi Christina, how are you, my dear?"
noch lauter als der Rest des Stimmenwirrwarrs in der Hotelhalle. Christina dreht sich wie versteinert um:

„Sarah, was machst du denn hier am Ende der Welt?"
und die beiden jungen Frauen umarmen sich freudig.

„Das müssen wir feiern, wir haben uns viele Jahre nicht mehr gesehen. Wie kommst du denn nach

Winton? Du musst mir alles erzählen, auch, was du die letzten Jahre nach unserer Schulzeit gemacht hast. Lasst uns doch alle zusammen hier im Restaurant zu Abend essen."

Christina winkt ihrem Vater zu:

„Dad, das ist Sarah Riley, meine Freundin aus unserer gemeinsamen Schulzeit in Melbourne. Wir werden nachher gemeinsam zum Dinner gehen - so eine Freude!"

Nachdem sich Ewan McPherson und seine beiden jungen Töchter erfrischt und umgezogen haben, treffen sie sich erneut mit Sarah im Restaurant des Hotels. Die jungen Frauen tragen enge Röcke und Schuhe mit hohen Absätzen, wie es zu der damaligen Zeit in den Metropolen Australiens schon modern war. Bis in das Outback ist diese Mode noch nicht vorgedrungen, deshalb fielen die drei Damen durch ihre extravagante Kleidung auf.

Das Restaurant grenzt mit einer breiten, doppelflügeligen Tür an die Rezeption an. Von den ursprünglich weiss lackierten Türblättern sind nur noch wenige Stellen intakt geblieben. Es überwiegen die dunklen, leicht verkratzten Stellen, die mit den angerosteten Handgriffen der Türen inzwischen gut harmonieren. Die Musik aus der Bar schallt noch kräftiger hinüber, jedes Mal, wenn weitere Gäste die Tür zum Restaurant öffnen. Einige der Gäste in der Bar singen am Tresen schon lauthals die bekannten Countrysongs mit.

Sarah lebt seit zwei Wochen bei ihrem Bruder Frederick Riley, der mit seiner Frau Marie eine Schafsfarm ganz in der Nähe von Winton betreibt. Sie stellt ihren Verlobten Andrew Barton Paterson vor. Er ist erst vor einer Woche aus Sydney angereist, um seine Verlobte hier zu besuchen und gemeinsam mit ihr und ihrer Familie das Weihnachtsfest zu verbringen.

Paterson, ein junger gut aussehender Rechtsanwalt aus Sydney, hat bereits unter einem Pseudonym erste Gedichte über das wilde, freie Leben im Outback veröffentlicht. Er ist ein großer Pferdekenner und liebt es, durch die endlosen Weiten des Outbacks zu reiten und den Geist der Einsamkeit und Freiheit zu spüren. Für solche

Reitausflüge hat er gern die Strapazen der langen Anreise in das entfernte Outback in Kauf genommen.

Ausserdem hat er in den Zeitungen in Sydney und Melbourne von den aufregenden Ereignissen gelesen, die sich während der beiden grossen Streiks der Schafscherer hier in dieser Region abgespielt haben. Er möchte die Orte der dramatischen Geschehnisse besuchen und von den Beteiligten Fakten und Hintergründe erfahren, eventuell bisher nicht bekannte Details kennenlernen. Vielleicht sucht er nach Themen für weitere Gedichte und Erzählungen.

Erfreut über das unverhoffte Wiedersehen tauschen Christina und Sarah ihre Erlebnisse der letzten Jahre aus. Es wird ein schöner

Abend. Christina berichtet ihrer Freundin Sarah, sie werde mit dem Vater und ihrer jüngeren Schwester Jean am 30. Dezember zur Dagworth Station weiterreisen, um dort mit ihren Brüdern zusammen das Neujahrsfest zu feiern und einige Wochen im Kreise der gesamten Familie zu verbringen. Dies sei der ausdrückliche Wunsch ihres Vaters gewesen, nachdem im November, erst vor einigen Wochen, Christinas Mutter Margaret nach langer Krankheit verstorben war. Im Alter von 74 Jahren möchte McPherson nach dem Tod seiner Frau den Zusammenhalt in der Familie pflegen und seine Söhne nach einigen Jahren unbedingt noch einmal wiedersehen. Auf der Schafsfarm „Dagworth Station" leben Christinas drei Brüder Bob, Jack und Gideon, die sich dort in elf Jahren harter Arbeit eine erfolgreiche Existenz aufgebaut haben.

Christina gähnt nach Stunden des Erzählens:

„Sarah, nimm es mir bitte nicht übel, aber ich bin nach der langen Reise so müde, dass ich nun gerne schlafen gehen möchte. Aber wie wäre es denn, wenn du und Andrew uns übermorgen nach Dagworth begleiten könntet. Dann feiern wir gemeinsam den Beginn des neuen Jahres. Wir würden uns alle sehr freuen."

„Vielen Dank, Christina",
Sarah schaut fragend zu Andrew Paterson hinüber und nimmt Christinas Hand,

„Ja, wir kommen gern. Für Andrew wird es bestimmt ein besonderes

Erlebnis werden, wenn er wieder Ausritte in seinem geliebten Outback geniessen kann."

Und die beiden jungen Frauen verabschieden sich, wie sie sich begrüßt haben, mit einer langen, freundschaftlichen Umarmung.

„Mein Bruder Bob wird uns übermorgen gegen 9 Uhr hier im Hotel mit dem Buggy abholen. Wir kommen dann zu eurer Farm Aloha und fahren gemeinsam nach Dagworth. Ich bin sicher, es wird für uns alle eine schöne Zeit werden!".

„Ja, Christina, wir erwarten Euch dann übermorgen auf Aloha, in der Vindex Street."

Andrew Paterson nickt vergnügt und seine Vorfreude auf spannende

Erlebnisse steht ihm ins Gesicht geschrieben. Für Paterson, für Christina, für Australien und darüber hinaus sollte dieser Besuch auf der Dagworth-Station tatsächlich zu etwas ganz Besonderem werden.

Robert Rutherford McPherson, einer der drei McPherson-Brüder auf Dagworth, fährt mit seinem Buggy und seinen beiden besten Pferden am Morgen des 30. Dezember vor dem North Gregory Hotel in Winton vor, um seinen Vater und die beiden Schwestern abzuholen. Sie begrüssen sich sehr herzlich, nachdem sie sich seit fast vier Jahren nicht mehr gesehen hatten. Zunächst fährt Robert, Bob genannt, die Kutsche zu den Rileys, deren Farm nicht weit von Winton entfernt liegt. Die Familien Riley und McPherson sind seit vielen Jahren befreundet; sie treffen sich regelmäßig im Kreis der Schafzüchter. Hier im Outback pflegen die Farmer unter einander ein gutes nachbarschaftliches Verhältnis.

Bob klopft kurz an die offen stehende Tür des Farmhauses „Aloha“, das ebenfalls im Queenslander Baustil errichtet ist. Er tritt ein, wie hier üblich, ohne auf eine Antwort zu warten.

„Hi Frederick, how are you?“

„Hi Bob, schön, dass Du kommst. Sarah und Andrew haben ihre Koffer schon gepackt und freuen sich sehr auf Dagworth.“

Frederick Riley schlägt Bob freundschaftlich auf die Schulter.

„Sarah, Andrew, kommt hinunter, Bob ist da!"
Frederick stellt Bob seiner Schwester und ihrem Verlobten kurz vor.

„Ihr habt noch einen weiten Weg vor Euch, das Wetter wird nicht angenehm werden. Schwül und heiß und ich rechne mit Regen am Nachmittag",

ruft Frederick und trägt schon die Taschen mit Getränken und kleinen Snacks zum Buggy vor dem Haus. Dort begrüßen sie die McPhersons, die kurz im Schatten gewartet hatten. Die Pferde werden noch einmal getränkt und die kleine Reisegruppe begibt sich vergnügt zum Wagen.

„Bis bald",
ruft Sarah

„und vielen Dank, Frederick, für Eure Gastfreundschaft!"

Paterson hat schon vorn bei Bob neben dem Kutschersitz Platz genommen, zieht kurz seinen braunen, verknitterten Lederhut zum Abschied und lächelt Frederick zu:

„See you!".
Der Buggy setzt sich langsam in Bewegung.

Für die Reise von Winton bis zur Dagworth Station kurz vor Kynuna braucht die kleine Kutsche zwei Tage. Knapp 150 Kilometer Fahrt im offenen Wagen über den staubigen Landsborough Highway, hölzerne Brücken und durch Furten stehen der Gruppe bevor. Es ist heiß und es gibt viele Schlaglöcher in der unbefestigten Straße, die den Namen

Highway eigentlich nicht recht verdient. Letztlich ist es die herrliche Landschaft mit ihren sanften Hügeln und grünen Weiden, die links und rechts des Weges vorbeizieht, die für die Strapazen des Schaukelns und Ruckelns und der Hitze mit Tausenden von nervenden Fliegen und Mücken entschädigt.

Paterson bleibt während der gesamten Fahrt vorn neben Bob auf der Kutscherbank sitzen und genießt den warmen Fahrtwind und die Gerüche von trockenem Gras und staubiger Erde. Er blickt lange Zeit stumm und in Gedanken versunken auf die Rücken der beiden braunen Pferde mit ihren langen Mähnen, die im Wind und zum Takt der Hufe tanzen. Seit seiner Kindheit in New South Wales liebt er Pferde und hat ein besonders inniges Verhältnis zur Natur.

Paterson bricht aus seinem Schweigen heraus und beginnt, leise zu Bob zu sprechen.

„Meine Eltern sind damals von ihrer Buckingbah Station in Narrambla, einem kleinen Ort nahe Orange im Staate New
South Wales, auf die Illalong Station bei Yass umgezogen. Ich war 7 Jahre alt. Täglich ritt ich ohne Sattel die vier Meilen zur Schule auf meinem Pferd „Banjo",

erinnert sich Paterson beim Anblick der hellbraunen Mähnen der beiden Pferde, die im Wind umherfliegen.

„In dieser Zeit begann meine große Liebe zu Pferden und Kutschen, zu Schafs- und Rinderherden und zum australischen Busch", schwärmt Andrew Barton Paterson weiter.

Paterson war ein eher verträumtes Kind. Als ältester Sohn mit 5 Schwestern und einem Bruder wurde er von einer Gouvernante erzogen. Als sein Vater in finanzielle Schwierigkeiten geriet, musste er die große Farm in Narrambla verkaufen und nach Yass auf einen kleineren Hof umziehen.

„Auf meinen langen, einsamen Ritten zur Schule träumte ich damals davon, ein Bushranger zu sein. Manchmal wurde ich in Gedanken von der Polizei gejagt oder war selbst ein „Trooper" auf der Jagd nach Verbrechern."

Bob spürt die Begeisterung von Paterson für die Wildnis, schweigt aber, als Paterson fortfährt:

„Diese Jugendzeit hat mich stark geprägt. Mein späterer Wunsch, Gedichte und Balladen über das Leben im australischen Busch zu schreiben, geht auf diese
glücklichen Jugendjahre zurück".

Gern hätte er noch einige Jahre länger diese Schule besucht und seine Freiheit genossen. Seine Eltern schickten ihn aber im jungen Alter von elf Jahren auf eine Oberschule nach Sydney, damit er eine qualifizierte Ausbildung bekomme. Er wohnte bei seiner Großmutter Emily Barton und musste sich von nun an an das Tragen einer feinen Schuluniform und an das so gänzlich andere Stadtleben gewöhnen. Geboren im Busch, musste er später sogar das Tanzen erlernen - welch ein Schrecken für den jungen Mann.

Die Großmutter hatte starken Einfluss auf Paterson, insbesondere, was sein späteres schriftstellerisches Talent anging. Insgesamt hat sie wesentlich dazu beigetragen, dass er von einem wilden „Farm Boy" zu einem wohlerzogenen, kultivierten jungen Mann wurde.

Gegen Abend erreicht die Reisegruppe mit ihrer kleinen Pferdekutsche als Zwischenziel die Ayrshire Downs Station. Sie liegt idyllisch in einem grünen, bewaldeten Seitental, etwas abseits des Highways. Hier lebt und arbeitet die Familie Morrison, die ebenfalls mit den McPhersons befreundet ist. Die müden Reisenden werden freundschaftlich und liebevoll empfangen und mit einem reichlichen Abendessen und gutem Wein bewirtet.

Man unterhält sich entspannt auf der Terrasse des Hauses und genießt gemeinsam die Kühle des Abends.

Am nächsten Morgen brechen die Freunde gestärkt und mit ausgeruhten, frischen Pferden zur letzten Etappe bis zur Dagworth Station auf. Das Wetter hat sich gebessert und es zeigt sich ein tiefblauer Himmel, der nur von einigen weißen Wölkchen malerisch unterbrochen wird. Ein idealer Reisetag, um gut gelaunt die restlichen Stunden über die holprigen Straßen zu fahren. Meist erst im Januar, zu Beginn der Monsunzeit, ziehen kräftige dunkle Wolken auf. Tagelange ergiebige Regenfälle auf die ausgedörrten Böden lassen dann Strassen und Wege in Morast und Schlamm versinken, Flüsse treten über ihre Ufer und können zu unüberwindbaren Hindernissen werden.

Welch ein Kontrast für die McPhersons aus Melbourne: hier die Einöde des Outbacks, ungepflasterte staubige Strassen, überall Holzhäuser. Selbst das North Gregory Hotel, das beste Hotel der Stadt, war ein Holzbau mit weissem Anstrich und wenigen Bauteilen aus Gusseisen. Melbourne hingegen, eine glitzernde Metropole, damals die grösste Stadt Australiens, bietet mit luxuriösen Geschäften und Einkaufszentren, Vergnügungsparks und vielen anderen Annehmlichkeiten bereits im 19. Jahrhundert ein hohes Niveau an Urbanität. Prunkvolle Straßenzüge mit prächtigen Gebäuden aus Stein und Marmor, gepflasterte Gehsteige und sogar eine Straßenbahn stehen in krassem

Widerspruch zu der Einfachheit des Outbacks. Es wird wohl nur Andrew Paterson gewesen sein, der aus seiner Naturverbundenheit heraus diese Schlichtheit und Einsamkeit der Landschaft im fernen Inneren Queenslands geniessen konnte.

Meine Jugend in Berlin

Mit der Gründung des Deutschen Reiches im Jahre 1871 durch Kaiser Wilhelm I wird Berlin zur Hauptstadt. Es kommt zu einem rasanten Aufschwung der Wirtschaft, der in der Geschichte Deutschlands bis dahin beispiellos war. Während dieser sogenannten Gründerzeit führte der fast grenzenlose wirtschaftliche Optimismus verbunden mit einem noch nie da gewesenen Investitionsfieber zum Aufbau von tausenden neuer Unternehmen und zur Gründung großer Aktiengesellschaften, vorwiegend in der Maschinenbau- und Bergbauindustrie. Die Wachstumserwartungen der Investoren und nicht zuletzt die gestiegene politische Sicherheit nach dem gewonnenen deutsch-französischen

Krieg ließen die Aktienkurse regelrecht explodieren. Die hohen Reparationszahlungen, die Frankreich nach dem verlorenen Krieg im Jahre 1871 zu leisten hatte, trugen ebenfalls zu dem deutschen Wirtschaftswunder bei.

Die Grundstückspreise wurden durch Bodenspekulationen in die Höhe getrieben. Dennoch konnten sich wohlhabende Bürger luxuriöse Wohnhäuser errichten, die noch heute als steinerne Zeitzeugen an diese Zeit erinnern.

In den deutschen Städten, ganz besonders auch in Berlin, wurden in großer Zahl einfache ungelernte Arbeitskräfte für die aus dem Boden schiessenden Fabriken gesucht. Die Zahl der Zuwanderer aus den umliegenden ländlichen Regionen nahm rasant zu. Trotz eines enormen Booms im Wohnungsbau fehlten aber für die vielen Arbeiter bezahlbare Mietwohnungen. In der Folge kam es zu einer massenhaften Verelendung breiter Bevölkerungsschichten.

Die Wohnverhältnisse im damaligen Berlin waren geprägt durch kasernenartige Massenmietshäuser, die während des Wirtschaftsbooms zur Bewältigung des starken Bevölkerungswachstums überstürzt hochgezogen wurden. Meist bestanden die Gebäude aus vier bis fünf Geschossen mit Mansardendach; hinter dem Vorderhaus wurden Seitenflügel und bis zu vier Hinterhofgebäude errichtet. Nicht auf ausreichende Belichtung, Belüftung und Wohnqualität wurde geachtet, sondern auf maximale Rendite. Erst 1873 begann die Stadt Berlin mit dem Bau der Kanalisation, nachdem die hygienischen Verhältnisse in den Wohn- und Industriegebieten katastrophale Ausmasse erreicht hatten.

Schon nach sehr kurzer Zeit, während der zweiten Hälfte der 70er Jahre des neunzehnten Jahrhunderts, begann die Blase zu platzen, die sich an den Börsen im Deutschen Reich nach den hitzigen Übertreibungen gebildet hatte. Viele der gerade erst gegründeten Banken und Firmen gerieten in Konkurs, die Aktienkurse stürzten fast um die Hälfte ab. Aufgrund sinkender Nachfrage kam es zu Einschränkungen bei der Produktion und in der Folge zu massenhaften Entlassungen von Mitarbeitern. Die sogenannte Gründerkrise weitete sich nicht nur auf die gesamte deutsche Wirtschaft aus, sondern erfasste auch die Nachbarländer in Europa und sogar die Vereinigten Staaten von Amerika.

Nach dem Zusammenbruch großer Teile der deutschen Wirtschaft breitete sich besonders in den Großstädten rasant eine hohe Arbeitslosigkeit in der Arbeiterschaft aus. Diese traurige gesellschaftliche Situation brachte der aufstrebenden Arbeiterbewegung der Sozialisten regen Zulauf.

In diesem erhitzten sozialen Umfeld finde ich, Samuel Hoffmeister, meine Aufgabe in der sozialistischen Arbeiterbewegung. Über meine engen Kontakte zu anderen Genossen spüre ich besonders hautnah, welche enormen Klassenunterschiede sich zwischen dem wohlhabenden Bürgertum, dem meine eigene Familie angehörte, und der breiten Arbeiterschaft entwickelt hatten. Ich engagierte mich noch stärker in der Partei der Sozialdemokraten, warb für neue Mitglieder und übernahm die Verteilung des von Wilhelm Liebknecht herausgegebenen Zentralorgans der Sozialdemokratie „Vorwärts" im Bezirk Berlin-Mitte.

Ende 1878 beschließt der Reichstag mehrheitlich die bereits im Mai angekündigten sogenannten Sozialistengesetze von Reichskanzler Bismarck, wonach alle öffentlichen Aktivitäten der Sozialdemokraten unter Strafe verboten werden. Führende Sozialisten verlassen Deutschland ins Exil nach London, Paris oder in die Schweiz, um von dort ihre Aufrufe zu veröffentlichen. Eines dieser

Blätter, „Der Sozialdemokrat", das im Jahre 1879 in Zürich erstmals erscheint, habe ich auch in meinem Bezirk Berlin-Mitte heimlich verteilt.

Es dauert nicht lange, bis mein Gymnasium von meinen inzwischen verbotenen politischen Aktivitäten Kenntnis erlangt und mich nur ein Jahr vor dem Abitur wegen „sozialistischer Umtriebe" von der Schule verweist.

Meine extreme politische Haltung stand in krassem Widerspruch zu dem bürgerlich geprägten Lebensbild meiner mittelständischen Familie. Das Verhalten meiner Eltern war symptomatisch für das damalige aufstrebende Bürgertum in Deutschland, das obrigkeitshörig undweitgehend politikfern der herrschenden Klasse nicht zu widersprechen wagte. Eine gewisse Ausnahme von dem bürgerlichen Ehe- und Familienideal war allerdings die Tatsache, dass meine Mutter in der Firma ihres Ehemannes aktiv mitwirkte. Eine politische Meinung zu den ungerechten sozialen Verhältnissen äusserte sie jedoch nie und eine Teilnahme an den bildungs- und sozialpolitischen Frauenbewegungen der Sozialisten kam für sie überhaupt nicht in Frage.

Nachdem die Gründerkrise nach einigen Jahren weitgehend überwunden war, gelingt es meinem Vater im Frühjahr 1880, sein Unternehmen zu erweitern. Er gründet die „Maschinenbau-Anstalt und Wagen-Achsen-Fabrik" in der Pankstrasse. Die neuen unternehmerischen Aktivitäten fordern von meinen Eltern während dieser Zeit besondere zusätzliche Anstrengungen. Sie können sich nicht mehr ausreichend um die Betreuung und Erziehung von uns Kindern kümmern. Als sie schliesslich erfahren, dass ich mich bei den verbotenen Sozialisten engagiere und deshalb des Gymnasiums verwiesen wurde, kommt es zu einem Wutausbruch meines Vaters. Er macht mir Vorwürfe, prügelt mich und wirft mich schließlich aus dem Haus.

Im Sommer 1880 stehe ich plötzlich mit einem kleinen Lederkoffer mit wenigen Habseligkeiten und einigen meiner politischen Bücher und Zeitschriften auf der Straße. Ich bin noch keine 18 Jahre alt, drei Jahre fehlen mir noch an der Volljährigkeit. Einer meiner Freunde aus der Partei nimmt mich in seiner Kellerwohnung in Moabit auf und ich kämpfe mich als Fabrikarbeiter bei Siemens und Borsig durch, um die Kosten für meinen Lebensunterhalt zu finanzieren.

Nach meinem Rauswurf aus dem bürgerlichen Elternhaus muss ich erkennen, dass ich als einfacher Arbeiter und Bewohner einer schäbigen Kellerwohnung am Ende der sozialen Skala der Gesellschaft angelangt bin. Diese Erfahrung bestärkt mich in meinem politischen Engagement in der sozialistischen Partei und hat mich für mein ganzes späteres Leben entscheidend geprägt.

Um zu meiner Wohnung zu gelangen, muss ich durch den Toreingang des Vorderhauses gehen, in dem der Hauseigentümer in der sogenannten Belle Etage, im ersten Stock, wohnt. Der enge, schmutzige

Hofraum ist umgeben von vierstöckigen Gebäuden mit grauem Putz, der sich an vielen Stellen schon gelöst hat. Die beiden kleinen Fenster der Kellerwohnung ragen kaum über die unbefestigte, staubige Hoffläche hinaus.

Meine Mutter litt sehr unter der harten Entscheidung meines Vaters. Nach langen Monaten des Zögerns hat sie mich schliesslich in meiner Wohnung in Moabit besucht. Als jemand an die Tür klopfte, öffnete ich.

„Guten Tag, Mutter. Das ist aber eine Überraschung. Ich freue mich, Dich wieder zu sehen."

Ich versuchte, eine Träne zu unterdrücken, es gelang mir aber nicht wirklich.

„Hier wohne ich, Mama, und teile die Wohnung mit meinem Freund Friedrich".

Eine schmale, abgewetzte Holztreppe führt hinab in die Tiefe des kalten, feuchten Kellers.

„Jetzt kommen wir in die Stube. Und hier ist die Wohnküche."

In der Ecke steht ein abgenutzter Kohleherd mit dunkler teilweise verrosteter Platte. Der Wasserhahn tropft. Die Luft modert und es ist dunkel in dem niedrigen Raum. In der Stube stehen zwei Eisenbetten für mich und meinen Freund, daneben ein niedriges durchgesessenes Sofa mit einem kleinen runden Holztisch. Das Klosett befindet sich im Hof, ausserhalb der Wohnung.

Meine Mutter und ich reden lange über die letzten Neuigkeiten aus der Familie und mein neues Leben. Zum Abschied nehmen wir uns beide herzlich in die Arme, wissend, dass mein Vater eine Rückkehr in das elterliche Haus kategorisch ausschliesst. Es sollte die letzte Umarmung gewesen sein.

Regelmäßig haben sich meine sozialistischen Freunde und ich auch während des offiziellen Verbotes unserer Partei an verschiedenen konspirativen Orten getroffen, unter anderem auf der „Roten Insel" in Schöneberg. Zu unseren regelmäßigen illegalen Aktivitäten zählten auch weiterhin die Verteilung von Flugblättern vor den Fabriken und die Anwerbung neuer Parteimitglieder. Bei einer dieser Aktionen wurde ich von der Polizei überrascht und verhaftet.

Man hat mich verhört und unter Arrest gestellt. Wegen meines jugendlichen Alters wurde ich aber schon nach drei Tagen wieder auf freien Fuß gesetzt. Als an meiner Arbeitsstelle meine verbotene politische Tätigkeit bekannt wurde, verlor ich meine schlecht bezahlte Stelle als Hilfsarbeiter und musste fortan ohne Einkommen und sonstige Unterstützung auskommen. Ich lebte von meinem wenigen Ersparten und der Hilfe meiner Freunde.

Zahlreiche Mitglieder der Sozialdemokratischen Partei waren der Ansicht, man könne als aktiver deutscher Sozialist nur durch Auswanderung den polizeilichen Repressalien der Bismarck-Regierung entgehen, so, wie es bereits führende Sozialisten gezeigt hatten. Bei mir entwickelte sich, nicht zuletzt auch wegen meiner Arbeitslosigkeit, zunehmend der Wunsch, ebenfalls Deutschland zu verlassen. Im Oktober 1883, wenige Tage nach Erlangen meiner Volljährigkeit bin ich schliesslich zu meiner langen Reise nach Australien aufgebrochen.

Dagworth-Farm

Am späten Nachmittag des zweiten Reisetages erreicht die kleine Reisegruppe staubig und durstig von der langen Kutschfahrt durch die glühende Hitze endlich die Dagworth Station. Bob steuert den Buggy direkt vor den Eingang des Hauses. Der halbrunde kleine Vorplatz ist mit weissem Kies belegt, der zwischen den ordentlich angelegten Pflanzbeeten in der tief stehenden Sonne hell angeleuchtet wird. Andrew Paterson gleitet als erster langsam und etwas schwerfällig vom Kutscherbock hinab. Seine graue Jacke ist verknittert, die Krawatte sitzt schief. Er scheint in Gedanken noch in einer anderen Welt zu sein, vielleicht hat er schon Verse für ein neues Gedicht im Kopf.

„Das ist Andrew Paterson“, haucht Sarah Riley stolz den herbei geeilten Brüdern Jack und Gideon McPherson zu. Paterson, gerade 30 Jahre alt, hoch gewachsen und gutaussehend, war in Sydney bereits zu einigem Ansehen gekommen, sowohl als erfolgreicher Anwalt wie auch als Dichter und Schriftsteller. Sarah ist mit Paterson schon seit fast acht Jahren verlobt.

Bobs jüngere Brüder begrüssen Paterson mit einem zunächst noch etwas zurückhaltenden, aber nicht minder freundlichen Händedruck. Sie rufen den dunkelhäutigen Jungen Jimmy herbei, der beim Abladen der Koffer aus der kleinen Kutsche hilft und die Pferde zur Tränke führt.

Alle gehen gut gelaunt ins Haus. Sie nehmen die drei breiten Stufen zu der etwa vier Meter breiten rings um das Haus führenden überdachten Veranda, wie es in Queensland häufig anzutreffen ist. Das aus massiven Holzbohlen erbaute zweigeschossige Haus ist weiß gestrichen und trägt hübsche Verzierungen an den Dachabschlüssen. Vor den geräumigen Zimmern im Obergeschoss erstreckt sich ein etwa zwei Meter breiter umlaufender Balkon. Von dort gleitet der Blick über sanfte Hügel auf die Ebene von Kynuna auf etwa 500 Metern Meereshöhe. Der Diamantina-River mit seinen zahlreichen Seitenarmen bestimmt die Landschaft, er führt nur wenige Monate im Jahr Wasser, hinterlässt dann aber viele Wasserlöcher, die sogenannten Billabongs, die auch im trockenen

Winter den Weidetieren als Tränke dienen.

Den McPhersons gehören riesige Ländereien von mehr als 100000 Hektar, auf denen rund 120.000 Schafe weiden. Mit den Lämmern, die demnächst geboren werden, werden es auch bald noch mehr sein. Daneben weiden etwa 300 Rinder und einige Hundert Pferde als Reit- und Arbeitstiere auf den grossen Gras- und Buschlandflächen. Die Schafzucht steht auf Dagworth aber im Vordergrund.

Wie die Nachbarfarmen auch, beschäftigt man zur Zeit der Schafschur meist 30 bis 40 Wanderarbeiter, die durch diese Saisonarbeit ein zwar relativ hohes aber unregelmäßiges Einkommen beziehen. Die Dagworth Station besteht aus dem zweigeschossigen Wohngebäude und mehreren grossen Schaf- und Pferdeställen. Die Schuppen und offenen Unterstände bieten ausreichend Platz für bis zu 40 Arbeitsstände zum Scheren der Schafe und Räume für Werkzeuge und Geräte.

Alle Gebäude sind reine Holzkonstruktionen. Sie grenzen an einen großen, unbefestigten Platz. In seiner Mitte thront majestätisch ein etwa 25 m hoher alter Melaleucabaum. Er trägt zahllose grün-braune zylindrische Knospen, von denen jetzt im australischen Sommer einige bereits aufgeblüht sind. Die weissen kleinen Blüten strömen den angenehm aromatischen, fast betörenden Duft des Teebaums aus. Aus dem gedrehten Stamm mit heller Borke lösen sich unregelmäßig die äußeren Schichten ab und lassen den Baum im Abendlicht ein wenig gespenstisch erscheinen.

Nachdem sich alle nach der langen, staubigen Fahrt entlang endloser Rinder- und Schafsweiden erfrischt und umgezogen haben, lädt Bob McPherson zum Aperitif auf die Terrasse ein. Vater Ewan klopft Paterson freundschaftlich auf die Schulter,

„Junger Mann, jetzt erzählen Sie doch mal etwas mehr aus Ihrem Leben. Ich weiß nur, dass Sie vor kurzem 30 Jahre alt geworden sind und in New South Wales geboren sind, Andrew".

Ewan McPherson stößt mit seinem Glass Bier mit Paterson an.

„Auf eine schöne gemeinsame Zeit auf Dagworth und eine schöne Neujahrsfeier!"

Paterson erzählt von seiner ungetrübten Kindheit auf dem Lande, von seiner Erziehung zu einem Großstadtmenschen
und seinem ersten Job in Sydney als Schreiber in der Anwaltskanzlei Spain und Salway.

„Mein Vater hat mir über seine Kontakte zu Anwälten diesen
Job vermittelt. Ich musste bei säumigen Schuldnern, meist armen Bauern und Viehzüchtern, Geld eintreiben und verschiedene Banken vor Gericht vertreten. Es schmerzte mich sehr, wenn ich daran mitwirken musste, wie kleine Landbesitzer von den übermächtigen Banken in die Pleite getrieben wurden."

Paterson verzieht sein Gesicht
voller Abneigung,

„aber es war mein Job damals",

fährt er fort. Im Alter von 22
Jahren erhält er nach einem
nebenberuflichen Studium der
Rechtswissenschaften die Zulassung
als Anwalt beim Obersten Gericht von
New South Wales und wird kurz darauf
Partner der Kanzlei „Street &
Paterson" mit einem Büro in der
feinen Bond Street in Sydney.

„In meiner Freizeit bin ich immer
gern durch die Weiten des
Australischen Outbacks geritten,
habe mit Landstreichern und
Tagelöhnern abends am Lagerfeuer
gesessen und das freie Leben in der
Wildnis genossen", gerät Paterson
ins Schwärmen.

„Dann spürte ich, dass ich meine Gefühle in Versen ausdrücken muss. Unter dem Pseudonym „The Banjo" begann ich, Gedichte zu schreiben, die später sogar im Sydney Bulletin abgedruckt wurden. Banjo war der Name meines geliebten Pferdes während meiner wunderbaren Kindheit."

Patersons Gedichte wurden schon nach kurzer Zeit immer beliebter, spiegelten sie doch die Sehnsucht vieler Leser nach der unendlichen Freiheit im Busch wider, die sie selbst meist nie erreichen konnten. Eine Sammlung von 46 Gedichten und Balladen veröffentlichte „The Banjo" unter dem Titel „The Man from Snowy River" im Jahre 1890. Damit gelang ihm der Durchbruch seiner zweiten Karriere neben der Juristerei und er erlangte schon in jungen Jahren eine gewisse Berühmtheit mit seinen Werken über die Romantik des Buschlebens mit Pferden, Lagerfeuern und alten Bush-Songs.

Das Abendessen wird im Esszimmer der McPherson-Brüder serviert. Ein langer weiß gedeckter Tisch, edles Porzellan und Silberbesteck aus Schottland sowie geschliffene Kristallgläser lassen erkennen, dass die McPhersons nach über zehn Jahren fleißiger Arbeit einen gewissen Wohlstand erreicht haben. Auch die edle Einrichtung des Zimmers mit holzgetäfelter Decke, bodentiefen Fenstern und feinen, dunklen Edelholzmöbeln passen in dieses Bild. Ein offener Kamin rundet die angenehme, gediegene Atmosphäre ab.

Bob bittet die Familie und die Gäste zu Tisch. Ein dunkelhäutiges

Mädchen beginnt, die Vorspeisen aufzutragen.

„Bitte nehmt Platz, liebe Freunde", ruft Bob zur Terrasse hinüber, wohin sich einige der Gäste zurückgezogen hatten,

„die Vorspeise wird serviert."

Es gibt eine lecker duftende Kängurusuppe, mit einer Einlage aus frischem Gemüse und Fleischbällchen. Danach wird ein schmackhafter Lammbraten serviert, natürlich von eigenen Schafen, begleitet von Kartoffeln und Bohnengemüse. Als Nachtisch wird hausgebackener Schokoladenkuchen gereicht. Ein guter südaustralischer
Rotwein fehlte ebenso wenig wie der anschließende feine Scotch Whisky.

Bob begann schon auf der Terrasse von den furchtbaren Vorkommnissen auf Dagworth zu erzählen, die sich einige Monate zuvor ereigneten. Nun fährt er während des Essens fort:

„Schon im April des Jahres 1891, also vor über drei Jahren, kam es zu einem ersten Streik der Schafscherer im westlichen Queensland, der sich bald auf ganz Queensland ausdehnte. Als die Wollpreise auf dem Weltmarkt einbrachen, sahen wir uns in der Arbeitgebervereinigung der Schafzüchter gezwungen, die Löhne der Schafscherer zu senken und ihre Arbeitszeiten zu verlängern. Nur so waren wir in der Lage, unsere Wolle auch weiterhin zu den gesunkenen Marktpreisen zu verkaufen und unsere Farmen zu erhalten. Die umherziehenden Wanderarbeiter wollten aber unsere veränderten Löhne und Arbeitsbedingungen nicht akzeptieren. Die Gewerkschaft der Schafscherer stellte sogar Gegenforderungen auf."

Bob ist sichtlich erregt, legt aber eine kurze Pause ein und isst ein paar Löffel der vorzüglichen Suppe.

„Als keine Einigung zustande kam, begannen die Scherer die Schafställe hier in der ganzen Gegend zu bestreiken. Wir mussten Chinesen und Aboriginals als Schafscherer beschäftigen und teilweise sogar unsere Schafe selbst scheren."
Bobs Brüder nicken zustimmend und Paterson saugt die Informationen aufmerksam in sich auf.

„Der Streik hat uns wirtschaftlich hart getroffen. Wir waren uns im Züchterverband darüber einig, die überzogenen Forderungen der Streikenden auf keinen Fall zu akzeptieren. Am Ende konnten wir aber trotz des fast vier Monate andauernden Streiks unsere Bedingungen voll durchsetzen"

Bob's Hand beginnt zu zittern. Ihm entgleitet die Gabel aus der linken Hand, sie schlägt mit einem grellen Klingen gegen den Tellerrand. Alle blicken erschrocken auf.

„Aber im Juni dieses Jahres begann ein zweiter Streik der Schafscherer. Auslöser war, dass wir erneut den Lohn für das Scheren von Schafen senken mussten. Die Entwicklung der Wollpreise auf dem Weltmarkt ging weiter bergab. Wir und die anderen grossen Züchter beschafften Schermaschinen, um die Produktivität zu steigern. Dennoch wären wir ohne diese zweite Anpassung der Löhne nicht mehr wettbewerbsfähig gewesen."

Bob holt tief Luft:

„Und schliesslich kam es dann zu dem verheerenden Brandanschlag auf Dagworth."

Bob legt das Besteck zur Seite, obwohl er noch nicht zu Ende gegessen hat und wird lauter:

„Es war ein gewisser Frenchy - sein richtiger Name ist
Samuel Hoffmeister, der mit seinen Kumpanen unseren Stall angezündet hat. Viele der 140 Schafe sind im

Feuer verendet und fast wäre die gesamte Farm vernichtet worden, wenn wir nicht alle beherzt gelöscht hätten."

Die Zeitungen in ganz Australien berichteten wochenlang ausführlich über den Streik der Schafscherer und die bürgerkriegsähnlichen Zustände im Outback von Queensland. Sie beriefen sich auf detaillierte Polizeiberichte und schriftliche Aussagen der Polizei und des Militärs vor Ort. In diesen Berichten wird als Anführer der Streikenden und als Schuldiger für zahlreiche Brandanschläge ein Gewerkschafter namens Samuel Hoffmeister genannt.

Nach einer kurzen nachdenklichen Pause fährt Bob fort

„Und ich habe die ganzen Jahre diese Wanderarbeiter immer gut behandelt, ihnen reichlich zu essen gegeben, damit sie nicht auf ihrer Wanderschaft aus Hunger meine Schafe töten. Und als Dank dann diese Rachetat!"

Jack, einer der Brüder von Bob, stimmt ein und berichtet über weitere Hintergründe des Anschlages vom Sonntag, den 2. September 1894.

„Auf die Schafställe von zwei unserer Nachbarfarmen wurden schon einige Wochen zuvor feige Brandanschläge verübt. Deshalb standen wir alle in erhöhter Alarmbereitschaft."

7 Abwehr eines möglichen weiteren Angriffs auch auf die Dagworth-Farm hatten die McPhersons 20 bewaffnete

Männer, einschließlich der drei Brüder, und einen Polizisten für die Nachtwache bereit gehalten. Da es in der Nacht von Samstag auf Sonntag regnete, haben sie die 140 zum Scheren bestimmten Schafe zum Schutz vor dem Regen in den Stall getrieben.

Bob hat sich wieder gefasst und fährt mit bebender
Stimme fort:

„Es war kurz nach Mitternacht. Am Vortag war Neumond und die Täter konnten sich bei völliger Dunkelheit annähern.
Es begann mit einem kurzen Schusswechsel, den die Angreifer aus der Dunkelheit heraus eröffneten. Kurz darauf mussten wir mit ansehen, dass unser Schafstall lichterloh brannte. Es schloss sich ein

weiterer heftiger Schusswechsel an, bis die Angreifer im Schutz der Dunkelheit auf ihren schnellen Pferden in der Nacht verschwanden. Der Stall mit 140 Schafen, Wollsäcken und Gerätschaften brannte lichterloh und unsere Männer hatten grosse Mühe, die restlichen Farmgebäude vor dem Übergreifen des Feuers zu schützen."

Bob verliert jetzt fast völlig die Fassung und schreit heraus:

„Ich habe zwar in der Dunkelheit keine Gesichter erkennen können, aber eine mir bekannte Stimme hat gerufen „Hände hoch, Ihr Bastarde oder Ihr werdet alle sterben!"",
seine Hände zittern,
„und kurz darauf: „Gebt es diesen Bastarden!" und dann wieder die selbe Stimme:

„Wir haben lange gewartet auf diesen Augenblick, und nun werden wir Euch kriegen!"
Diese Stimme war eindeutig die von Samuel Hoffmeister aus der Schafscherer-Gewerkschaft, mit dem ich immer wieder lange Streitgespräche geführt habe. Ich erkannte ihn eindeutig an seiner lauten Stimme, seinem Akzent und seiner engagierten Art zu reden."

Nach dem köstlichen Abendessen und den packenden Schilderungen über die aufregenden Ereignisse auf der Farm gehen die Freunde am Vorabend des Neujahrstages wieder hinaus auf die Terrasse. In der kühlen Abendluft sitzen sie noch eine Weile zusammen und diskutieren über den Brandanschlag und seine Hintergründe, wobei weitere Details und Vermutungen geäußert werden. Man trinkt einen 1878er Lindemans Rotwein aus dem Hunter Valley in New South Wales. Die Männer entscheiden sich anschliessend für einen schottischen Whisky, einen Single Malt aus den Highlands in Schottland. Nach einigen weiteren Drinks beschliessen die Gäste, den interessanten Abend zu beschliessen. Man freue sich auf den nächsten Morgen, um das neue Jahr zu begrüssen und sich gegenseitig für das neue Jahr Glück zu wünschen.

Silvesterfeiern gab es gegen Ende des 19. Jahrhunderts erstmals in Sydney im Jahre 1895. Auf Dagworth folgte man noch den alten Gebräuchen Schottlands, woher die McPhersons ursprünglich stammten. Die Familie gehörte zu den ersten Pionieren, die im Jahre 1855 aus Schottland nach Australien kamen.

Als echte „Highlander" aus dem Sutherlandshire im Nordosten Schottlands litten sie wie viele andere Familien unter dem schwierigen wirtschaftlichen und sozialen Umfeld der damaligen Zeit und erhofften sich von der Auswanderung ein neues Leben in enger Familienbindung und mit Aussicht auf einen selbst erarbeiteten Wohlstand.

Nach ihrer Ankunft in der Kolonie Victoria erwarben sie günstig Buschland 40 km vor Melbourne, später zogen sie weiter nordwärts in Richtung Murray River nach Wangaratta. Dann gelang es Ewan McPherson schliesslich im Jahre 1883, die Dagworth Station zu übernehmen und über eine Hypothek langfristig zu finanzieren. Seinem

Sohn Robert, Bob genannt, übertrug er die Leitung der Farm, unterstützt von seinen jüngeren Brüdern Gideon und Jack. „Dagworth" war übrigens der Name eines erfolgreichen Rennpferdes bei einem Rennen beim Melbourne Cup 1872.

Meine Auswanderung nach Australien

Mit meinem kleinen braunen Lederkoffer stehe ich, Samuel Hoffmeister, allein auf Bahnsteig 4 im Berliner Anhalter Bahnhof. Es ist ein kühler windiger Oktobermorgen und ich komme mir etwas verloren vor unter dem hohen Dach der riesigen Bahnhofshalle. Mit mehr als 30 Metern Höhe und Eisenträgern mit einer Spannweite von über 60 Metern ist dieses Meisterwerk der Baukunst die grösste Halle Europas. Der Bahnhof wurde nach sechs Jahren Bauzeit erst vor drei Jahren von Kaiser Wilhelm I eröffnet. Ich bin sehr beeindruckt und ein wenig stolz, dass ich in einem Land geboren wurde, das solche technischen Wunderwerke entstehen lässt. Ob es wohl in Australien auch solche grossartigen Bauwerke gibt?

Der D-Zug der Deutschen Reichsbahn über München nach Italien fährt ein, die Bremsen quietschen laut und ein Hauch von Kohlengeruch aus dem Schornstein der Dampflokomotive gelangt mir in die Nase. Schnell finde ich meinen Platz im Wagen 12 in einem Abteil der dritten Klasse. Es ist der 30. Oktober 1883. Ich bin erleichtert, endlich Deutschland verlassen zu können und sehne mich nach einem neuen Leben in Australien - in völliger Freiheit und ohne die ständige Furcht vor politischer Verfolgung.

Im Abteil ist fast jeder Platz besetzt. Mein Gegenüber scheint meine positive Stimmung zu spüren.

„Wohin geht denn die Reise?"

fragt mich der junge Mann, der sich später als Paul Halvermann aus Potsdam vorstellt.

„Nach Australien!"

sprudelt es lauthals aus mir heraus und die übrigen Fahrgäste im Zugabteil blicken erschrocken auf.

„Nach Australien? Aber da bist du ja monatelang auf hoher See unterwegs!"

Paul und die beiden älteren Männer neben Paul staunen offenbar über meinen Mut und es wird still im Abteil. Man hört nur noch das eintönige Rattern der Räder auf den Schienen und das Schnaufen der Dampflokomotive.

„Da hast du Recht, Paul. Die Reise von Deutschland nach

Australien dauerte bisher mit dem Segelschiff fast sechs Monate. Die Schiffe mussten ganz um Afrika herum segeln und durchquerten dann den indischen Ozean."

Die ältere Frau auf dem Fensterplatz neben mir legt ihr Strickzeug zur Seite und hört aufmerksam zu. Die beiden anderen Mitreisenden scheinen in Gedanken die Reiseroute mit dem Finger auf dem Weltatlas abzufahren, soweit sie sich noch aus ihren Schulzeiten daran erinnern können.

„Ich habe meine Reise gründlich vorbereitet und die
günstigste Reiseroute für mich
ausgewählt."
fahre ich stolz fort. Ich geniesse die Aufmerksamkeit meiner Mitreisenden und spüre eine gewisse Bewunderung für meine Pläne. Ich

öffne meine Jacke und ziehe ein handgeschriebenes Stück Papier hervor.

„Hier siehst du die einzelnen Teilstücke meiner langen Reise. Dieser Wagen Nr. 12 ist ein Kurswagen direkt nach
Italien und wird am ersten November in Triest im Hafen eintreffen. Von dort habe ich Anschluss mit einem Postschiff nach Ägypten. Es soll am Morgen des 10. November in Alexandria anlegen."

„Oh, Ägypten - da stehen doch die Pyramiden, oder?",

die ältere Frau mit dem angefangenen Strickpullover in der Hand versucht, einen Beitrag zum Stichwort Ägypten zu leisten.

„Ja, aber die Pyramiden werde ich erst sehen, wenn ich im Zug nach Sues sitze. Ich hoffe, dass ich den Dampfer am 12. November rechtzeitig erreiche, der um 5 Uhr früh in Sues ablegen wird."

Die Mitreisenden lauschen gespannt meinen Worten. Ihren Gesichtern ist anzusehen, dass sie auch gern diese Reise gemacht hätten.

„Die weiteren Stationen meiner langen Seereise sind dann
Aden am 17. November, Point de Galle auf Ceylon am 25. November und 14. Dezember Adelaide. Dort endet dann meine Überfahrt.

Das Geld für die lange Reise habe ich durch Vermittlung meiner Mutter vom Vater erhalten. Er sah darin offenbar die einzige Lösung, sich von seinem „verlorenen Sohn“ mit Anstand zu verabschieden. Mit Hilfe eines Anwerbers für Auswanderer nach Australien konnte ich dann eine von der australischen Kolonie South Australia subventionierte Schiffspassage bei der „Peninsular and Oriental Steam-Navigation Company“ buchen. Gegründet im Jahre 1840 war sie damals mit 52 großen Dampfern die mächtigste der britischen Reedereien mit Depots in Southampton, Alexandria und Sues. Von Sues fuhren die Dampfer zweimal monatlich über Aden nach Colombo, Kalkutta, Singapur, Hongkong, Schanghai und Jokohama. In Colombo zweigte sich die australische Linie ab, die ebenfalls zweimal im Monat die Städte Adelaide, Melbourne und Sydney bediente. Die Schiffe boten selbst im billigsten Zwischendeck

einen bescheidenen Komfort im Vergleich zu den Segelschiffen, mit denen die Auswanderer früherer Jahrzehnte auf ihren endlos erscheinenden Reisen
vorlieb nehmen mussten. Es gab regelmäßige Mahlzeiten an Bord, für die Passagiere eigene Matratzen und einen Mindeststandard für die Hygiene an Bord.

Ab dem letzten Viertel des 19. Jahrhunderts führte das Dampfschiff mit seiner überlegenen Technik seinen Siegeszug über die Segelschiffe fort. Weitgehend unabhängig von Wind und Wetter konnten die Dampfschiffe fahrplanmäßig verkehren und die Gefahren für Menschenleben und Güter deutlich verringern. Zusammen mit der Eröffnung des Sues-Kanals entstand ein Netz von internationalen Fernlinien, das die Kontinente im Osten schneller und verlässlicher an Europa anbinden konnte. Das Dampfschiff hat somit die frühe Globalisierung wesentlich mitbestimmt.

Mein Zug kam mit fast zwei Stunden Verspätung in Triest an. Das Dampfschiff des Österreichischen Lloyds nach Alexandria erreichte ich aber noch rechtzeitig. Der Bahnhof liegt unmittelbar am Seehafenkai und es war nur ein kurzer Weg zwischen Zug und Schiff.

Für mich war es die erste Schiffsreise meines Lebens. Sie dauerte fünf Tage und führte mich durch die gesamte Adria und das Mittelmeer bis Alexandria. Ich teilte eine Vierer-Kabine im Unterdeck mit drei anderen jungen

Männern aus Italien. Wir konnten uns zwar kaum verständigen, hatten aber viel Spass mit einander. Über Tag konnte ich an Deck die Aussicht und die Sonne geniessen. Am dritten Tag allerdings gaben mir erste Herbststürme im Mittelmeer einen kleinen Vorgeschmack auf das, was mich im indischen Ozean erwarten würde. So war ich dann froh, als der Dampfer morgens im Hafen von Alexandria anlegte. Dort hatte ich fast einen halben Tag Aufenthalt bis zur Abfahrt des Zuges nach Kairo mit Anschluss nach Sues. Ich nutzte die freie Zeit zum Besuch der Altstadt von Alexandria.

Im Souk staunte ich über die für mich unbekannten orientalischen Eindrücke, die vielen Menschen in den engen Gassen, die fremdartigen Gerüche und Gebräuche.

Goldschmiede und andere Handwerker arbeiteten inmitten der belebten Straßen und verkauften ihre Waren vor Ort. Stoffhändler breiteten ihre Stoffballen aus und sogar Fleisch und andere Lebensmittel wurden feilgeboten. Große hölzerne Vordächer mit geschnitzten Trägern boten Schatten und Schutz vor der Hitze. Überall hörte ich Händler lautstark und wild gestikulierend ihre Waren anbieten. Ich verstand kein Wort, erkannte aber, dass offenbar auch die Kunden nicht minder lautstark um die Preise feilschten. Beinahe hätte ich meinen Zug verpasst.

Nach 210 Kilometern Eisenbahnfahrt erreichte ich Kairo am Abend. Abfahrt des Zuges nach Sues war erst am nächsten Morgen. Deshalb suchte ich mir ein günstiges Zimmer in Bahnhofsnähe, kaufte noch etwas zu essen und ging müde zu Bett.

Ab Sues folgte eine lange Reise auf einem großen Dampfschiff. Es besass einen schwarz gestrichenen eisernen Rumpf, sah aus wie ein grosses Segelschiff mit drei Masten. Zusätzlich hatte es aber zwei grosse kohlebefeuerte Dampfturbinen an Bord, die ihre Kraft auf eine Schiffschraube am Heck des Schiffes übertrugen. Ich habe noch das Stampfen der Dampfkolben im Ohr und wie die Holzplanken der Böden und Wände des Schiffs im Takt mit vibrierten. Es dauerte einige Tage, bis ich mich an diese ungewohnten Geräusche gewöhnt hatte. Schließlich erreichte ich nach einem Wechsel auf ein anderes Schiff in Colombo auf Ceylon das Ziel meiner Reise, den Kontinent Australien. Am 17. Dezember des Jahres 1883, eine Woche vor Weihnachten, legte mein Schiff mit dreitägiger Verspätung in Adelaide an.

Am Liegeplatz im Hafen wimmelte es vor Menschen, die Säcke und Kisten schleppten, Handwagen schoben oder sich auf ihrem Gepäck sitzend ausruhten. Ein Eisenbahngleis durchzog den Kai und eine Dampflok fuhr laut schnaufend und ständig pfeifend langsam mitten durch die Wartenden. Ausser meinem Dampfschiff lagen nur große und mittlere Segelschiffe im Hafen. Ihre hohen Masten waren weithin sichtbar. Lärm und Staub drangen der Gangway entgegen, als ich über die schwankende Brücke an Land ging. Wie viele andere meiner Mitreisenden hatte ich keine Vorstellung darüber, wie sich mein Leben in den nächsten Tagen und Wochen gestalten würde.

Nach dem Verlassen des Schiffs musste ich mich wie alle Einwanderer in einer langen Schlange anstellen und einem vom Gouverneur der Kolonie South Australia bestellten Einwanderungskomitee vorstellen. Mein Pass und die sonstigen für die Einreise erforderlichen Papiere wurden kontrolliert. Ich bekam das wichtige Immigranten-Zertifikat ausgestellt, das mir eine gute finanzielle Unterstützung aus dem öffentlichen Einwanderungsprogramm von Südaustralien garantierte.

Als erstes mietete ich ein Zimmer in einer kleinen Pension und begann mein aufregendes Leben in der für mich neuen Welt. Meinen

Lebensunterhalt verdiente ich durch einfache Gelegenheitsarbeiten im Hafen. Dabei machte ich schnell Fortschritte beim Erlernen der Landessprache und ihrer australischen Feinheiten sowie der Sitten und Gebräuche in Australien.

Ich war überwältigt von der Pracht der stattlichen Gebäude und der gepflegten öffentlichen Parkanlagen in Adelaide. Insbesondere die breite King William Street mit Rathaus, Postgebäude und den imposanten Gebäuden der Banken und Versicherungen hat mich sehr beeindruckt. Sogar eine Pferdestrassenbahn war seit einigen Jahren in Betrieb. Ein solch großstädtisches Gepräge hatte ich am anderen Ende der Welt nicht erwartet. Im Vergleich zu meiner alten Heimat Berlin mit ihren schwierigen sozialen Verhältnissen empfand ich das Leben in Adelaide insgesamt als deutlich entspannter und angenehmer.

Es fiel mir nicht schwer, Kontakte zu den australischen Arbeiter-Kollegen aufzubauen. Schon nach kurzer Zeit hatte ich Freunde und Bekannte gefunden, englische und deutsche Einwanderer, die schon seit einigen Jahren hier lebten. Von ihnen erfuhr ich, dass die Stadt Adelaide im Jahre 1836 von Religionsflüchtlingen aus Preussen und England gegründet wurde, die wegen ihrer Religionszugehörigkeit zuhause starken Repressalien ausgesetzt waren. Adelaide, später Hauptstadt des Staates Süd-Australien, war immer stolz darauf, selbst nie eine Sträflingskolonie gewesen zu sein. Die Stadt wurde

übrigens nach Prinzessin Adelheid von Sachsen-Meiningen
benannt. Sie war die Gemahlin des britischen Königs Wilhelm IV.

Unter meinen Kollegen im Hafen waren auch einige ehemalige Strafgefangene und deren Nachkommen. Sie erzählten mir, dass noch vor 50 Jahren Strafgefangene aus England auf den Farmen ohne Lohn arbeiten mussten. Die Farmer erhielten bestimmte Kontingente an Arbeitern entsprechend der Größe ihrer Ländereien zugewiesen und mussten lediglich für Unterkunft, Kleidung und Essen der Strafgefangenen Sorge tragen. Ähnlich der Sklaverei in Amerika wurden die Gefangenen bei Vergehen mit Peitschenhieben bestraft und waren weitgehend rechtlos im Vergleich zu den reichen Grundbesitzern.

In zahllosen Gesprächen mit Kollegen und Freunden wurde über die sozialen Ungerechtigkeiten der damaligen Zeit intensiv diskutiert. Ich fühlte schon sehr früh, dass nur mit einer starken Arbeiterbewegung die vielfach noch immer bestehende Unterdrückung der Arbeiterschaft schrittweise abzubauen wäre. Ich wollte versuchen, mit meinen politischen Erfahrungen aus Deutschland aktiv an diesem wichtigen Prozess mitzuwirken.

In den unzähligen Diskussionen mit meinen Freunden habe ich immer wieder engagiert die Thesen der deutschen Sozialisten vorgetragen und über die schwierigen sozialen Verhältnisse in Berlin berichtet, natürlich auch die Theorien von Marx und Engels erläutert. Meine australischen Kollegen staunten über den Mut der deutschen Arbeitnehmervertreter und äusserten die Hoffnung, bald auch eigene Gewerkschaften gründen zu können. In mir wuchs der Wunsch, mein Wissen und meine Erfahrungen hier in Australien einzubringen, um die Kollegen in ihrem Kampf um soziale Gerechtigkeit und bessere Arbeits- und Lebensbedingungen zu unterstützen. Natürlich habe ich auch gehofft, später einmal eine wichtige Rolle beim Aufbau einer gewerkschaftlichen Organisation in Australien spielen zu können.

Es waren ebenfalls Freunde, die mir von einer anderen Kolonie erzählten, von ihren weiten fruchtbaren Landschaften, von der unendlichen Freiheit des Lebens im Busch. Sie schwärmten von

Queensland, weit nördlich von Adelaide ganz im Süden des Kontinents. Ich erfuhr von ihnen, dass sich schon vor vielen Jahren und heute immer noch in grosser Zahl Schäfer aus Preussen und England dort ansiedelten. Man sagt, die Behörden würden gezielt Fachleute für die Schafzucht anwerben.

Nachdem zu Beginn des 19. Jahrhunderts Merinoschafe aus England und Südafrika eingeführt worden waren, boomte die Schafzucht zuerst in der Kolonie New South Wales. Bereits im Jahre 1860 schätzte man die Zahl der Tiere auf 20 Millionen. Heute, im Jahre 1885, dürfte die Gesamtzahl der Schafe in allen australischen Kolonien schon die 100 Millionen-Grenze überschritten haben. Viele der

Einwanderer haben die besonders geeigneten Weideflächen im westlichen Queensland entdeckt und sich dort nieder gelassen.

Unter den Hafenarbeitern hatte sich herumgesprochen, dass für Schafscherer im Outback Queenslands sehr hohe Löhne gezahlt werden, höher als für jede andere ungelernte Arbeit. Der Beruf sei zwar körperlich sehr anstrengend aber in wenigen Tagen erlernbar. Als ich dann in der Tageszeitung Anzeigen las, die hohe Akkordlöhne für Schafscherer in Queensland und sogar eine kostenlose Fahrkarte für die Anreise versprachen, war mein Entschluss gefallen: ich wollte mein Glück als Schafscherer im Outback Queenslands suchen.

Picknick am Billabong

Der Neujahrstag ist in Australien im 19. Jahrhundert traditionell ein Tag der Freude mit privaten und öffentlichen Veranstaltungen, Musikvorführungen und Tanz. Häufig wird der Neujahrstag auch für einen Ausflug mit der Familie oder Freunden genutzt.

Bob McPherson hatte mit Samuel McColl McCowan, seinem Freund und Nachbarn, für diesen besonderen Tag einen kleinen Ausflug mit einem Picknick vorbereitet. Die Kynuna-Station von Sam McColl McCowan grenzt an das Grundstück der McPhersons an. Sam, ein guter Freund von Bob und seinen Brüdern, war ursprünglich Partner auf Dagworth, konnte dann aber im Jahre 1886 die benachbarte Kynuna-Station übernehmen. Man ist noch immer freundschaftlich miteinander verbunden und trifft sich mehrmals im Jahr. Die Wohnhäuser der beiden Freunde liegen sehr weit auseinander. Daher hat man es sich zur Gewohnheit gemacht, für die gelegentlichen Treffen einen der kleinen Stauseen des Diamantinaflusses zu wählen, in dessen Nähe die beiden Grundstücke aneinander grenzen. Hier, etwa auf halbem Wege und nach etwa zwei Stunden Ritt, haben sie schon öfter ein gemeinsames Picknick gemacht.

Am Vormittag bricht die Gästegruppe zu ihrem Ausflug auf. Die McPherson-Brüder und ihre beiden Schwestern Christina und Jean nehmen den Buggy, während Bob und Paterson schon früher auf zwei schnellen

Pferden losgeritten sind. Begleitet werden sie von dem jungen Aboriginal Jimmy. Vater Ewan McPherson fühlt sich nicht gut und bleibt auf Dagworth zurück.

Bob spürt, wie Paterson den Ritt geniesst, die Stille und Weite der Landschaft in sich aufsaugt. Er fühlt sich wieder erinnert an die glücklichen Tage seiner Kindheit und die Träume von grenzenloser Wildnis und freiem Abenteuer. Hier, auf diesem Ausritt, werden seine Träume wieder wahr und bieten ihm neue Anregungen für weitere Gedichte und Erzählungen.

Die drei Reiter erreichen nach einem knapp zweistündigen Ritt den kleinen Stausee südlich von Kynuna. Mitten im Hochsommer ist er jetzt fast völlig ausgetrocknet und wird

Combo-Wasserloch genannt. Er ist Bestandteil des riesigen Einzugsgebietes des Diamantina-Rivers, der nur im australischen Winter Wasser führt. Damit die Farmer auch im Sommer, zumindest zeitweise, Wasser für ihr Vieh zur Verfügung haben, wurden im Bereich Kynuna von chinesischen Arbeitern zahlreiche kleine Staudämme errichtet. Ein ausgeklügeltes Kanalnetz verbindet die einzelnen Flussarme des Diamantina und füllt kleine künstliche Teiche, die miteinander verbunden sind. Auf diese Weise wird eine ganzjährige Viehzucht ermöglicht.

Der Combo-Billabong, südlich des Hauptflussbettes, ist einer der letzten, die auch im Sommer noch über einen ausreichenden Wasserstand verfügen. Billabong bedeutet in

Das Combo Wasserloch(Quelle: Alun Hogget, creative commons)

der Sprache der australischen Ureinwohner „stehendes Wasser".

Der kleine See ist eingebettet in einen Wald aus hohen alten Coolibah-Bäumen. Die filigranen

Blättchen dieser Eukalyptusart mit weit ausladenden Ästen werfen nur einen leichten Schatten zu Boden und können kaum die Sommerhitze dieses ersten Januartages lindern. Ein Heer von Fliegen und Mücken umkreist die Ankömmlinge. Das durch die Bäume leicht gefilterte Sonnenlicht stimmt die Szene fröhlich, nur gestört durch das ständige Summen der Insekten.

Bis zum Eintreffen von Sam McColl und der Kutsche mit den übrigen Gästen von Dagworth nutzt Bob die Zeit, um Paterson zu zeigen, wie die Swagmen, die zahlreichen Wanderarbeiter im australischen Outback des 19. Jahrhunderts, alle ihre Utensilien wie Kleidung und persönliche Dinge in einer blauen oder grauen Wolldecke, der Matilda, mit sich tragen. Er bindet seine dunkelblaue Matilda vom Sattel los und zeigt ihm, wie der Swagman die ungefaltete, rund aufgerollte und an beiden Enden wie ein Bonbon zusammen gebundene Decke zum Transport hinten am Nacken und über der linken Schulter trägt. Paterson verfolgt gespannt Bob's Worte, offenbar hat er schon wieder neue Verse im Kopf.

„Weisst du eigentlich, wieso die Decke „Matilda" heisst?",
Bob blickt Paterson fragend an, ahnend, dass er den Hintergrund natürlich nicht kennt.

„Nein, keine Ahnung. Hat das etwas mit Walzertanzen zu tun?"

„Ja, der Begriff stammt aus Europa, aber schon aus dem Mittelalter, lange bevor man Walzer tanzte."

Bob schmunzelt, als Paterson erst lächelt, dann aber erstaunt blickt.

„Damals im dreissigjährigen Krieg zwischen 1618 und 1648 kämpften die Soldaten in ihren jahrelangen Kriegen nur im Frühjahr, Sommer und Herbst. Den Zeltlagern der Soldaten folgten häufig junge Frauen, Wanderhuren, die den Soldaten während der kampffreien Zeiten Gesellschaft leisteten. Im Winter haben sie die Soldaten in ihren kalten Zelten nachts gewärmt."

„Ich verstehe",
grinst Paterson wissend.

Bob lächelt
„Diese Mädchen wurden „Mathilde" oder „Mathilda" genannt. Und so, wie diese Mädchen die Soldaten gewärmt haben, wärmt auch die Decke die

Swagmen von heute, wenn sie nachts
im Freien übernachten."

Beide Männer lachen lauthals und
kommen sich einander
freundschaftlich näher.
"Später nannten auch die
Handwerksburschen in Deutschland,
die für einige Jahre auf die
Wanderschaft, „auf die Waltz"
gingen, ihren Leder-Tornister
„Mathilda"",

fuhr Bob fort und genoss, wie
Paterson ihm staunend folgte.
„Und, damit du weisst, was die
Buschläufer sonst noch mit sich
trugen",

Bob erhebt lehrerhaft seine
Stimme und grinst,
„natürlich einen Teekessel aus
Weissblech. Der war vom

ständigen Gebrauch schon verkrustet und verbeult und vom Holzfeuer geschwärzt."

„Ja, den kenne ich von meinen Besuchen im Outback, wenn ich mit den Swagmen abends am Lagerfeuer sass."

„Dann gibt es noch den Wasserbeutel aus wasserdichtem Segeltuch, der mit einem Holzbügel als Griff an beiden Enden befestigt war."

„Ja, ja, damit haben sie dann Waltzing Matilda gemacht", Andrew Paterson lacht und fühlt sich wieder an die früheren Zeiten erinnert.

Am späten Vormittag treffen auch Christina, ihre Schwester Jean und die McPherson-Brüder ein. Christina trägt eine hoch geschlossene Bluse aus dunklem Baumwollstoff und einen Strohhut mit einer hübschen weissen Feder. Einige ihrer braunen Locken schauten seitlich unter dem hellen Strohhut hervor. Auch ihre Schwester Jean war adrett frisiert, entsprechend der Mode der viktorianischen Zeit, mit einem Haarknoten am Hinterkopf und einigen lockigen Strähnen.

Die Männer sind in lange dunkelbraune Hosen gekleidet und tragen weisse Hemden mit langen Ärmeln. Auf die Krawatten hat man angesichts der Hitze verzichtet. Andrew Paterson hat sein mittellang geschnittenes dunkles Haar mit Wachs und Makasaröl in Form gehalten. Sein kleiner Schnurrbart rundet sein markantes Gesicht ab und lässt ihn sehr gut aussehen.

Wenig später ist die Gruppe vollständig, als Sam McColl mit seiner kleinen Kutsche, gut bepackt mit Fleisch, Salaten und Getränken am Combo-Wasserloch eintrifft. Das gemeinsame Picknick kann beginnen. Auch die Gruppe von der Dagworth-Station hat leckere Köstlichkeiten mitgebracht, die nun von Bob's jungem Aboriginal Jimmy ausgepackt und auf hölzernen Tischen, sauber gedeckt mit weissen Tischtüchern, verteilt werden. Die Gäste sitzen auf mitgebrachten kleinen Holzstühlen mit seitlich ausklappbaren Tischchen, auf denen die Getränke abgestellt werden.

„Wisst Ihr eigentlich, wo wir heute hingefahren sind?", Bob schaut in die Runde und ahnt, dass nur wenige der Anwesenden die Bedeutung dieses Ortes kennen.

„Wir sind hier an einem besonderen Ort, an dem Billabong, an dem im letzten Jahr die Leiche von Samuel Hoffmeister gefunden wurde."

„Ist das nicht der Rädelsführer der Angreifer gewesen, die euren Schafstall im September niedergebrannt haben?",

glaubt sich Christina an die Schilderungen des Vorabends zu erinnern.

„Ja, Schwester, genau der ist es. Er hat die Horde von Männern angeführt, die unseren Schafstall angezündet haben. Dort hinten hat man diesen Kerl später tot aufgefunden."

Für einen Moment verstummt die kleine Gruppe und die anfangs gute Laune verwandelt sich kurzerhand in eine eher nachdenkliche Stimmung. Jeder versucht, sich vorzustellen, was an diesem Tag wohl geschehen sein könnte. Wieso hat man „Frenchy" gerade hier tot aufgefunden? Was war passiert nach dem verheerenden Brandanschlag auf Dagworth?

Sam McColl springt von seinem Klappstuhl auf, ruft in die Runde:

„Liebe Freunde, eigentlich sind wir doch hierher gekommen, um einen vergnügten Nachmittag mit Picknick und Wein zu verbringen. Lasst uns nicht länger über diese furchtbaren Vorkommnisse sprechen, wir können sie ja doch nicht mehr ungeschehen machen. Und außerdem wissen wir doch gar nicht, wie sich wirklich alles abgespielt hat."

Er hält sein Glas mit dem dunkelrot in der Sonne leuchtenden Rotwein aus dem Barossa Valley hoch:

„Auf einen schönen Tag unter guten Freunden!"

Die Stimmung verbessert sich daraufhin mit zunehmendem Weingenuss und gutem gegrilltem Lammfleisch.

Bevor sich die Freunde von einander verabschieden, um auf getrennten Wegen wieder zu ihren Farmen zurück zu fahren und zu reiten, werden sie noch ein zweites Mal überrascht. Sam McColl und Jean McPherson erklären ihre Verlobung und kündigen an, im April heiraten zu wollen. Das Paar wird von allen beglückwünscht und es ist an diesem Neujahrstag für alle ein schöner Tag geworden.

Streik der Schafscherer

Nur ein halbes Jahr nach meiner Ankunft in Australien verliess ich Adelaide am 13. Juli 1884 mit einem Vertrag als Schafscherer in der Tasche. Die Pferdekutsche brachte mich zunächst nach Port Augusta, einer für Süd-Australien wichtigen Hafenstadt am Ende einer weit ins Land reichenden Bucht. Gerade erst im Januar wurde die neue Eisenbahnlinie „The Ghan" zwischen Port Augusta und Hergott Springs eröffnet, eine knapp 400 km lange Schmalspurbahn der Great Northern Railway Gesellschaft. Sie dient neben dem Personenverkehr überwiegend dem Transport von Vieh, das von den Farmern aus dem nördlichen Outback Queenslands bis zur Verladestation in Hergott Springs getrieben wird.

Ich hatte das Glück, während der langen Bahnreise einige deutschstämmige Schäfer kennen zu lernen, die ebenfalls zu ihrer neuen Tätigkeit nach Queensland reisten. Es waren sehr aufschlussreiche Gespräche und ich konnte bereits vor Beginn meiner neuen Arbeit als Schafscherer erste Erkenntnisse über die Aufzucht und das Scheren von Schafen sammeln.

In Hergott Springs, erst später im Jahre 1917 in Marree umbenannt, beginnt der bekannte Birdsville-Track nach Norden. Die über 500 km lange Strasse von Hergott Springs nach Birdsville in Queensland wurde in den 1860er Jahren erbaut. Im Verlauf des staubigen Sandweges entlang von ausgetrockneten Salzseen müssen zahllose Sanddünen und drei Wüsten durchquert werden, die

Tirariwüste, die Sturtswüste und die Strzelecki-Wüste. Nur in Kamelkarawanen ist das schwierige Gelände zu passieren. Jetzt im Wintermonat Juli liegen die Tagestemperaturen immer noch über 30 Grad. Im Sommer steigen sie bis fast 50 Grad Celsius an. In regelmäßigen Abständen wurden längs des Weges artesische Brunnen gebohrt, um in der trockenen Wüstenlandschaft für die Durchreisenden ein Mindestmaß an Wasserversorgung sicher zu stellen. Dennoch ist der Track berüchtigt für zahllose Opfer an Menschen und Tieren, die die anstrengende Reise nicht überlebt haben.

Nach der Zollabfertigung in Birdsville war ich glücklich, endlich in Queensland angekommen zu sein. Aber bis zu meinem Ziel in Barcaldine lagen noch weitere 800 km und 11 Reisetage vor mir. Durch die Wüste wurde die Postkutsche von Cobb & Co noch von Kamelen gezogen, später dann von vier Pferden. Um Strecken von bis zu 100 Kilometer täglich zurücklegen zu können, wurden die Pferde nach jeweils etwa 40 bis 50 Kilometern und 4 bis 5 Stunden Fahrzeit gewechselt. Für die Fahrgäste bestand dann die Gelegenheit, sich in einem Pub oder Hotel zu erfrischen oder etwas zu essen. Mir liegt noch der laute und durchdringende Klang des Horns im Ohr, mit dem der Kutscher vor dem Erreichen der Stationen unsere Ankunft ankündigte. Nach dreimaligem Umsteigen erreichte ich schließlich Barcaldine am ersten Tag des August 1884. Hier erwartete mich mein erster Job als Schafscherer.

Schnell habe ich das Scheren erlernt und dabei schon nach kurzer Zeit eine gewisse Routine gewonnen. Mein neues
Leben als Swagman, als australischer Wanderarbeiter, hat mir sehr gefallen. Ich genoss die Freiheit, zu Fuß von Farm zu Farm, hier Station genannt, zu wandern und für einen guten Akkordlohn Schafe zu scheren oder Gatter und Zäune zu reparieren. Als Wanderarbeiter wurde ich auf allen Stationen freundlich empfangen, mir wurde Essen und Unterkunft gewährt. Die Farmer waren auch an letzten Neuigkeiten interessiert, über die ich während meiner Wanderung über die umliegenden Farmen berichten konnte. In den wenigen Monaten einer Saison konnte ich mit 4 bis 6 Pfund in jeder Woche so viel verdienen, dass ich den Rest des Jahres auch ohne zu arbeiten gut leben konnte.

Sehr gute Schafscherer schafften es, über hundert Schafe am Tag zu scheren, die besten sogar noch mehr. Ich habe es in der ersten Saison erst auf durchschnittlich 80 Schafe je Tag gebracht, war aber mit meiner Leistung insgesamt sehr zufrieden. Für je 100 Schafe lag der Lohn bei 1 Pfund. Gearbeitet haben wir zwischen 6 Uhr morgens bis 6 Uhr am Abend mit zwei einstündigen Pausen für Frühstück und Abendessen. Daneben gönnten wir uns zwei kurze Pausen von je einer Viertelstunde für Tee und Zigaretten. Die Arbeit war extrem anstrengend und schweisstreibend, aber gut bezahlt. Viele meiner Kollegen haben als junge Scherer begonnen und sich nach einigen Jahren genügsamen Lebens mit ihrem Ersparten irgendwo im Outback als Schafzüchter nieder gelassen, ein Haus gebaut und eine Familie gegründet. Ich habe aber auch Scherer kennen gelernt, die ihr hart verdientes Geld mit Glücksspiel und leichten Mädchen verprassten oder sogar straffällig wurden.

Schafscherer 1890
Gemälde von Tom Roberts [Public domain], Wikimedia Commons, National Gallery of Victoria, Melbourne

Am Ende meiner zweiten Saison als Schafscherer war ich von der langen Wanderschaft müde, aber froh, wieder in Barcaldine zu sein. Der australische Winter war zu Ende und mit dem Oktober kehrte der Frühling ein. Es lag nun wieder ein halbes Jahr ohne regelmässige Arbeit vor mir, das ich aber von meinem Lohn als Schafscherer einigermaßen gut bestreiten konnte. Ich kaufte mir ein kleines Haus im Westen von Barcaldine, am Landsborough Highway. Tagsüber beschäftigte ich mich mit kleineren Reparaturen am Haus und Arbeiten im Garten, las in meinen aus Deutschland mitgebrachten politischen Büchern und studierte die Zeitung „The Bulletin". Wir nannten sie auch die Bibel des Buschmanns. Als erste nationale Zeitung Australiens wurde sie zur öffentlichen Plattform für die Forderungen nach sozialen Reformen.

Während der Arbeitsmonate hatte ich schon zahlreiche Kontakte zu anderen Scherern geknüpft. In Barcaldine baute ich einen Kollegenkreis auf und organisierte regelmässige Zusammenkünfte der Schafscherer. Bei diesen Versammlungen ging es um die zunehmenden Konflikte zwischen uns Arbeitern und den reichen Grundbesitzern und Viehzüchtern. Dieses aus unserer Sicht ungerechte Zweiklassen-System sollte unbedingt abgeschafft werden. Immer wieder habe ich in den Treffen meine Kenntnisse der Theorien von Marx und Engels vorgetragen und berichtet, mit welchen Mitteln wir damals in Berlin gegen die soziale Ungerechtigkeit gekämpft haben.

Ein Jahr später, im Herbst 1886, gründeten wir in Barcaldine einen Arbeiterclub, um politische Themen zu diskutieren. Ich wollte damit erreichen, dass wir die Bedürfnisse der Scherer formulieren und unsere Interessen und Ziele gemeinsam vertreten. Wir trafen uns zweimal in der Woche unter einem alten Baum vor dem Bahnhofsgebäude in Barcaldine. Es war ein fast 15 m hoher myrtenartiger Eukalyptusbaum mit glatter weisser Borke, auch Geisterbaum genannt. Später wird er als „Baum der Weisheit" Eingang in die australische Geschichte finden.

1887 kam es dann schliesslich im benachbarten Blackall zur offiziellen Gründung der Schafscherer-Gewerkschaft. Wir gaben ihr den offiziellen Namen

„Amalgamated Shearers' Union of Australasia". Nur kurze Zeit später hatten wir schon mehr als 3000 Mitglieder.

Ab Mitte der 80er Jahre spürte man, dass die goldene Ära Australiens langsam zu Ende gehen würde. Nach den Boomjahren mit starker Zuwanderung aus Europa, Goldrausch und blühender Landwirtschaft deuteten sich nach und nach Signale einer Abkühlung der Wirtschaft an. Die Zeitungen berichteten, dass die Preise für Wolle und andere Rohstoffe auf dem Weltmarkt sanken. Selbst im abgelegenen Barcaldine konnte ich eine Veränderung spüren, weil die Preise für Lebensmittel und sonstige Waren kräftig anstiegen. Das alles erinnerte mich sehr an meine Jugend in Berlin, als sich ähnliche wirtschaftliche Entwicklungen ankündigten, die schließlich in eine grosse Depression mündeten.

Die Schafzüchter gerieten schon im letzten Jahr durch den Preisverfall für Wolle auf den internationalen Absatzmärkten unter hohen Preisdruck. Das haben uns die Vertreter der Schafzüchter bei unseren Gesprächen immer wieder als Grund für ihre Forderung nach Lohnsenkungen genannt. Weil wir nicht bereit waren, auf unsere Besitzstände zu verzichten, begannen sie, in ihren Ställen Aboriginals, Chinesen und andere nicht in unserer Gewerkschaft organisierte Scherer zu beschäftigen, zu erheblich niedrigeren Löhnen. Deshalb sahen wir uns gezwungen, im Jahre 1890 auf dem dritten Gewerkschafts-Kongress in Bourke besondere Massnahmen zum

Schutz unserer Mitglieder vor diesem Lohndumping zu beschliessen.

Es schien so, dass sich die Schafzüchter von unserer Gewerkschaft in ihren Rechten bedroht sahen. Beunruhigt vom Erfolg unserer Bewegung gründeten sie noch im selben Jahr ihre eigene Arbeitgeber-Vereinigung, den „Pastoralists' Federal Council of Australia", um sich gegen uns zur Wehr zu setzen. In Konferenzen in Melbourne und Sydney, an denen Vertreter aller damaligen Kolonien teilnahmen, fällten die Schafzüchter hinter verschlossenen Türen Beschlüsse zur Reduzierung ihrer Produktionskosten. Ohne jegliche Verhandlungen mit unserer Gewerkschaft beschlossen sie konkrete Massnahmen zur Senkung ihrer Kosten. Aus den Zeitungen

mussten wir dann überraschend erfahren, dass sie die bestehenden Rahmenverträge mit uns Schafscherern einseitig kündigen wollen. Nach dem, was ich im Sydney Morning Herald vom 3. Januar 1891 gelesen habe, haben sie unseren Lohn für das Scheren von 100 Schafen auf
nur noch 20 Schillinge gekürzt. Ausserdem würden uns Scherern 20 Schillinge pro Woche für die Unterkunft abgezogen und für unsere Verpflegung sollten wir einen eigenen Koch einstellen und selbst bezahlen. Bisherige Erschwernis-Zuschläge für das Scheren regennasser Schafe sollten entfallen. Ausserdem wollten die Arbeitgeber das Recht erhalten, Teile unseres Lohns bis zum Ende der Scher-Saison zurück zu halten. Jeder Schafscherer sollte seine Zustimmung zu den neuen Bedingungen mit seiner

Unterschrift bestätigen. Natürlich haben wir diese Forderungen empört zurückgewiesen. Zwei schwierige Verhandlungsrunden mit den Schafzüchtern, an denen ich auch teilnahm, blieben wegen der unnachgiebigen Haltung der Farmer aber ohne Ergebnis.

Vor dem Hintergrund dieser Entwicklungen haben wir dann am 5. Januar 1891 in der Gewerkschaft der Schafscherer als Reaktion auf das Verlangen der Arbeitgeber nach Lohnsenkungen unsere Gegenforderungen formuliert: Anerkennung der bestehenden Löhne und Rahmenbedingungen, Schutz unserer Rechte und Verzicht auf Beschäftigung von nicht organisierten billigen Arbeitskräften. Die Mitglieder stimmten mit grosser Mehrheit einem

Beschlussantrag der Gewerkschaft zu, bis zur Erfüllung unserer berechtigten Forderungen die Arbeit auf allen Schafsfarmen im westlichen Queensland nieder zu legen.

Die Züchter haben nach meiner Ansicht unsere Proteste bewusst herbei geführt. Sie wollten in kürzester Zeit eine Höchstzahl an Schafen scheren lassen und dies zu geringst möglichen Kosten. Die vereinzelte Einführung von Schermaschinen auf den großen Stationen hat wesentlich zu unserer Sorge um sichere Arbeitsplätze und gutes Einkommen beigetragen.

Unsere Kollegen auf der Jondaryan Farm bei Darling Downs begannen als erste den Arbeitskampf und bestreikten den Betrieb.

Innerhalb weniger Tage weiteten wir unseren Streik auf fast dreissig Farmen aus. Dies war der Beginn des ersten grossen Streiks der Schafscherer in Queensland.

Hin und wieder kam es zu Rangeleien mit den nicht-organisierten Schafscherern, die wir an ihrer Arbeit zu hindern versuchten. Um den Druck auf die Arbeitgeber zu erhöhen, haben wir kurz darauf erreicht, dass auch die Hafenarbeiter in Rockhampton aus Solidarität mit unserem Arbeitskampf keine Wollsäcke mehr verladen würden. Der Konflikt eskalierte immer weiter.

Hauptziel unseres Streiks war, zu verhindern, dass billige Arbeitskräfte, wie Chinesen und Aboriginals unsere Arbeit dauerhaft übernehmen. Also stellten wir Streikposten auf und behinderten die Streikbrecher gewaltsam bei der Arbeit.

Im April 1891, auf dem Höhepunkt des Streiks, waren über 10000 Scherer im Ausstand. Die Regierung von Queensland schickte mehr als 1000 berittene Soldaten zum Schutz der Streikbrecher auf den Stationen. Einige
Kollegen von uns wurden von der Polizei verhaftet und eingesperrt. Anfang April drangen sogar Polizisten in unser Gewerkschaftbüro in Barcaldine ein und verhafteten fünf unserer Mitglieder aus dem Streikkomitee. Unter ihnen war auch mein Freund John Robert Howe aus Blackall, der im letzten Jahr mit 237 Schafen am Tag den ersten Weltrekord im Schafscheren

aufgestellt hatte. Ich habe ihn bei der Arbeit auf Dagworth kennen gelernt und wir sind seitdem gut befreundet.

Seit ich in Barcaldine den Arbeiterclub der Scherer ins Leben rief, habe ich meinen Kollegen immer wieder meine sozialistischen politischen Überzeugungen vorgetragen. Auch auf unseren Gewerkschaftsveranstaltungen habe ich in meinen Ansprachen die politische Bedeutung und unsere Aufgaben als Vertreter der Arbeiterschaft in der Gesellschaft hervor gehoben. So kam es, dass von uns nach und nach auch allgemeine sozialpolitische Themen diskutiert wurden. Am 1. Mai 1891 zählten wir landesweit zu den ersten Mai-Demonstranten und forderten auf unserem Marsch durch Barcaldine den

Achtstundentag, Frieden und Freiheit sowie soziale Gerechtigkeit. Jeder sollte nach meiner Auffassung seinen Fähigkeiten und seinem Bedarf entsprechend frei von äusseren Zwängen oder Regierungen leben können. Diese Ideen führten sogar zu dem extremen Aufruf zur Gründung einer anarchistischen Republik West-Queensland. Auf unserer Veranstaltung am 1. Mai zählten wir fast 1500 Demonstranten, ein grosser Erfolg für unsere neue Bewegung.

Mit meinem deutschen Hintergrund gehöre ich zu einer Minderheit der Einwanderer. Fast neunzig Prozent aller Migranten stammen gegen Ende des 19. Jahrhunderts aus Irland und Grossbritannien. Alle anderen europäischen Länder kommen zusammen nur auf etwa sieben Prozent. Deshalb bekam ich von den Kollegen den Namen „Frenchy“, den übrigens alle erhielten, die nicht aus Irland oder England stammten. Aus ihrer Sicht bestand der Rest Europas eben aus Frankreich, kam ihnen zumindest „french“ vor.

Die Polizei und das Militär unterstützten die Schafzüchter und die dort arbeitenden Streikbrecher mit immer stärkeren Gewalteinsätzen gegen uns. Ausserdem hat es in diesem Jahr ungewöhnlich häufig und stark geregnet und unsere Mitglieder in den Streiklagern versanken zeitweise im Schlamm. Einige von uns gingen enttäuscht und hungrig zurück an ihre Arbeit und akzeptierten gezwungenermassen die neuen Bedingungen der Arbeitgeber. Als die Streikkasse der Gewerkschaft schliesslich leer war und die

Kollegen nicht mehr genug zu essen hatten, brach der Streikwille völlig zusammen. Ohnehin neigte sich die Saison der Schafschur dem Ende zu und Schafscherer wurden nicht mehr benötigt.

Deshalb gaben wir schliesslich am 20. Juni unseren Streik nach vier entbehrungsreichen Monaten auf. Unsere Gewerkschaft konnte keines ihrer Streikziele durchsetzen und hat den Arbeitskampf am Ende ergebnislos verloren. Im Abschlussdokument musste unsere Gewerkschaft sogar unter dem Druck der Gegenseite zugestehen, dass wir als Gewerkschafter künftig mit nicht-organisierten Arbeitern zusammen auf einer Farm arbeiten werden. Wenigstens konnte eine Formulierung erreicht werden, wonach sich die Farmer dafür einsetzen wollen, keine Chinesen und Aboriginals mehr als Schafscherer einzusetzen. Die Schafzüchter setzten sich also mit ihren Forderungen durch, nicht zuletzt auch als Folge der massiven Unterstützung durch Polizei und Militär.

Die berühmte Melodie und eine Romanze

Die McPhersons und ihre Gäste kehren am frühen Abend im milchigen Licht der untergehenden Sonne von ihrem ereignisreichen Picknick am Billabong nach Dagworth zurück. Bob und Paterson machen auf ihrem Ritt nach hause einen kleinen Umweg und nehmen in einem der vielen kleinen Billabongs noch ein erfrischendes Bad.

Sie hatten mit dem Wetter grosses Glück, denn an diesem Tag fiel kein einziger Tropfen Regen. Nachdem sich alle von dem Ausflug etwas erholt und erfrischt haben, wird ein leichtes Abendessen serviert. Alle geniessen wieder den guten australischen Rotwein und den angenehmen Abendwind, der durch die offenen Türen des Esszimmers streicht und die Blätter des Eukalyptusbaumes vor dem Haus wohlklingend rauschen lässt.

Etwas verspätet stösst Jack Carter zu der fröhlichen Runde hinzu. Er ist Aufseher auf Dagworth und hatte noch draussen nach dem rechten zu sehen.

„Well Mr. Carter, was gibt es etwas besonderes?"

fragt Bob routinemässig.

„Nichts, ausser einem Swagman unten am Fluss, der „Waltzing Matilda" machte.",

grinst Jack listig in die Runde. Er ahnt wohl, dass dieser Ausdruck den Gästen aus dem fernen Melbourne sicher nicht geläufig war.

Sofort fragt Christina nach:

„Mr. Carter, Sie sagten, da hat jemand „Waltzing Matilda" gemacht. Das habe ich noch nie gehört, was bedeutet das?" Auch Jean ist ganz neugierig:

„Ja, was ist das?"

Jack geniesst es, in der grossen Runde sein Wissen kund zu tun.

„Wie Sie alle wissen, trägt ein Swagman, ein zu Fuss herumziehender Wanderarbeiter, nie mehr mit sich, als unbedingt nötig. Dazu zählen ein Beutel mit Tee und Zucker, ein Teekessel und ein Wassersack."

Bob ergänzt

„Seine Decke, die Matilda, ist sehr dünn und wird aufgerollt über einer Schulter getragen. Und, wenn einer dann derart ausgestattet auf die Wanderschaft geht, nennen wir das „Waltzing Matilda machen".

Andrew Paterson kennt diesen Ausdruck schon seit dem gemeinsamen Ausritt mit Bob am Vormittag. Er muss von diesem Wort begeistert gewesen sein.

„Es klingt so herrlich melodisch:
„Waltzing Matilda", „Waltzing Matilda",
ruft er, halb singend, in die Runde. Vielleicht schossen ihm schon wieder Verse durch den Kopf, gar in Verbindung mit den Vorkommnissen am Billabong?

Paterson beteiligt sich schon den ganzen Tag über nur wenig an den Gesprächen, die aufregenden Geschichten über den Brandanschlag wirken auf ihn faszinierend und berauschend. In seiner überbordenden Phantasie als Poet sieht er die Schafscherer, voller Wut und Verärgerung über die schlechten Arbeitsbedingungen für ihre harte Arbeit, wie sie sich eines Nachts im Schutze der Dunkelheit anschleichen und den Schafstall anzünden. Später hört er sie in seinen Gedanken auf ihren schnellen Pferden im Dunkel der Nacht davon galoppieren. Er kommt dabei wieder ins Schwärmen und denkt zurück an seine vielen beeindruckenden Jugenderlebnisse in der Wildnis des Outbacks.

Ins Schwärmen gerät Paterson aber auch für die hübsche, junge

Christina McPherson, seit er sie an jenem Abend in Winton zum ersten mal sah. Sie verkörpert für ihn die sinnliche, unschuldige junge Frau, die ihn sofort in ihren Bann zog. Christina hat sich an diesem Abend besonders hübsch angezogen und ihr schulterlanges dunkelbraunes Haar nett zu einem Knoten zusammen gebunden. Offenbar hat auch Christina an dem interessanten und gut aussehenden jungen Mann Gefallen gefunden. Ihr ist aber bewusst, dass ihre Schulfreundin Sarah seit fast acht Jahren mit Paterson verlobt ist und versucht, ihre aufkeimenden Gefühle zu unterdrücken.

Nach dem Dinner bleiben die Gäste noch am Tisch sitzen, als sich Christina langsam erhebt. Von den meisten unbemerkt, schwebt sie in ihrem hübschen weissen Kleidchen

hinüber zu der antiken Anrichte aus Nussbaum an der gegenüber liegenden Wand. Dort liegt ein altes Musikinstrument, ähnlich einer Zither, schon etwas verkratzt und brüchig. Die Familie hat es bei ihrer Einwanderung im Jahre 1855 aus Schottland mitgebracht.
Christina nimmt das Instrument an sich und beginnt, eine Melodie zu spielen.

Für einen Moment kehrt Stille ein, nachdem sich die Runde nach dem Dessert und einigen Gläsern Scotch angeregt
unterhalten hatte. Alle lauschen der ausdrucksvollen und melodischen Weise, die von Christina gefühlvoll gespielt wird. Dazu summt sie die Melodie.

„Das ist eine wunderschöne Melodie, so eingängig und mitreissend. Warum singst du nicht den Text dazu?"
fragt Paterson.

„Soweit ich weiss, gibt es keinen Text dazu. Vielleicht gab es früher einmal Verse zu der Melodie. Es ist, glaube ich, eine alte schottische Volksweise."
entgegnet Christina schüchtern.

„Dann sollten zu dieser herrlichen Melodie die passenden Worte gefunden werden, damit sie am Leben erhalten wird, für immer!"
ruft Paterson in die Runde, selbst ein wenig überrascht über seine Lautstärke.

„Erzähl uns, was du sonst noch über diese Musik weisst."

Christina steht auf einmal im Mittelpunkt der kleinen Gesellschaft:

„Im April des Jahres besuchte ich mit meiner Schwester Margaret das berühmte Pferderennen von Warrnambool im Westen des Bundesstaates Victoria. Wie ihr alle wisst, ist dies ein ganz besonderes gesellschaftliches Ereignis der gesamten Region. Wir besuchen jedes Jahr dieses Rennen. In diesem Jahr trat eine neue Militärkapelle auf und spielte diese wunderbare Melodie. Die Kapelle hiess glaube ich Warrnambool Garnison Artillery Band oder so ähnlich. Ich habe mir die Melodie eingeprägt und jetzt aus meiner Erinnerung gespielt. Sie gefällt mir so gut."

Alle blicken stolz auf Christina. Es wird kräftig applaudiert und man zeigt sich angetan von der Schönheit und Harmonie der Musik, aber auch von dem wohlerzogenen, sympathischen Auftreten der jungen hübschen Frau.

Christina hat auf der alten Zither den Craigielea-Marsch gespielt, eine Variante des alten schottischen Volksliedes „Thou Bonnie Wood O'Craigielea", das um 1790 herum von dem schottischen Dichter Robert Tannerhill verfasst wurde. Die Melodie stammt von dessen Freund James Barr, einem Komponisten, der auch schon andere Gedichte von Tannerhill vertont hatte.

Christina fällt auf, wie Paterson, unbemerkt von den anderen, einen kleinen Schreibblock aus seiner Hosentasche zieht und konzentriert Notizen auf das Blatt kritzelt. Sind es schon die Worte zu dieser Musik, die allen noch im Kopf fortklingt? Noch ahnt niemand an diesem Abend im tiefsten Outback Australiens, dass dies die Geburtsstunde einer berühmten Ballade werden würde, die später um die ganze Welt gehen sollte.

Aber dem Dichter schiessen auch noch andere Gedanken durch den Kopf. In seiner Phantasie schliesst er die hübsche Christina in seine Arme, um ihr seine besondere Zuneigung und Liebe auszudrücken. Er spürt, dass auch Christinas Blicke ihm gegenüber besondere Gefühle ausdrücken.

Das Hausmädchen öffnet eine weitere Flasche Lindemans 1878er australischen Rotweins. Bob legt eine grosse schwarze Schallplatte auf das Grammophon. Er zieht das Laufwerk des dunklen hölzernen Gerätes auf und kurz darauf ertönt eine hübsche, ruhige Klaviermusik, begleitet von einem Streichorchester. Als später ein Walzer erklingt, bittet Andrew Paterson seine neue Liebe zum Tanz. Etwas schüchtern, mit Herzklopfen und schlechtem Gewissen gegenüber ihrer anwesenden Freundin Sarah willigt sie ein und beide schweben elegant über den gebohnerten glatten Holzboden, durch die offene Doppeltür vom Esszimmer hinaus auf die breite überdachte Veranda.

„Christina, seit ich dich in Winton zum ersten mal sah, kann ich nur noch an dich denken!", beschwingt dreht Paterson seine Christina in ihrem weissen, engen Kleid zum Takt der Musik. Er findet die schüchterne, unschuldige junge Frau äußerst attraktiv und möchte sie gar nicht mehr loslassen.

„Andrew"
haucht Christina leise,
„wir dürfen aber nicht …"

Sie errötet. Ihre Brust hebt und senkt sich mit jedem Atemzug, ihr Herz beginnt zu rasen. Paterson hält ihr einen Finger vor die Lippen,

„Psst."

Er streicht sanft durch ihr dunkelbraunes Haar. Aus ihrem hübschen Knoten lösen sich einige Strähnen ihres schönen weichen Haars. Es wird ein langer, inniger

Tanz an diesem Abend und die beiden Verliebten vergessen fast, dass sie in geselliger Runde beisammen sind.

Paterson und Christina verabreden sich, unbemerkt von den anderen, zu einem heimlichen Stelldichein im Gartenpavillon, etwas abseits des Wohnhauses. Paterson erklärt Christina auf seine ihm eigene poetische Weise seine große Liebe. Christinas Widerstand schmilzt dahin und die beiden lieben sich innig. Draussen tobt dazu ein starkes Gewitter mit lautem Grollen und grellen Blitzen.

Ein bemerkenswerter Tag auf Dagworth findet sein Ende: eine neue Romanze beginnt, eine langjährige Verlobung wird zu Grabe getragen und eine berühmte Ballade erblickt das Licht der Welt.

Der zweite Streik der Schafscherer

Der lange Streik von 1891 hat unsere Gewerkschaft wegen der hohen Streikgelder finanziell stark in Mitleidenschaft gezogen. Die Mitgliederzahlen gingen deutlich zurück und es herrschte allgemein eine lähmende Unzufriedenheit unter den Kollegen, nachdem unser Streik völlig ergebnislos abgebrochen werden musste. Am Ende wurden wir gezwungen, mit nicht gewerkschaftlich organisierten Kollegen in einem Stall zusammen zu arbeiten. Das hat natürlich zu Reibereien und Streitigkeiten unter den Scherern geführt.

Die Schafzüchter rüsteten technisch weiter auf und stellten ihren Arbeitern mehr und mehr Schermaschinen zur Verfügung. Damit schaffte es schon ein durchschnittlicher Scherer, pro Tag 110 Schafe zu scheren, meist waren es sogar noch mehr. Für die Züchter kam es bei weiter sinkenden Weltmarktpreisen für Wolle darauf an, möglichst viele Schafe so schnell und so kostengünstig wie möglich scheren zu lassen. Zahlreiche Bankzusammenbrüche seit 1892 und die einsetzende neue Rezession - so argumentierten die Arbeitgeber - forderten weitere deutliche Kostensenkungen bei der Wollproduktion.

Als die Schafzüchter im Frühjahre 1894 erneut eine Lohnsenkung von 20 auf nur noch 17 Schillinge je 100 Schafe ankündigten, wollten wir diese neue Verschlechterung nicht ohne Gegenwehr hinnehmen. In unseren gewerkschaftlichen Gremien bereiteten wir einen zweiten Arbeitskampf vor. Dieser sollte mit wesentlich härteren Mitteln geführt werden und schliesslich zu einem Sieg unserer Gewerkschaft führen.

Die öffentlichen Diskussionen, Veranstaltungen und die Ankündigung des Streiks brachten unserer Gewerkschaft wieder einen deutlichen Zulauf an Mitgliedern und mehr Aufmerksamkeit in den Zeitungen. Vielen Scherern wurde erst im Zuge unserer begleitenden öffentlichen Kampagne bewusst, dass sie seit Jahren als politisch bedeutungslose Wanderarbeiter zu Erfüllungsgehilfen der reichen Viehzüchter erniedrigt werden. Uns stand kein politisches Wahlrecht zu, weil die meisten von uns Wanderarbeitern nicht sesshaft und ständig auf der Waltz waren. Um sich für das allgemeine Wahlrecht zu registrieren, hätte man eine feste Wohnadresse nachweisen müssen, an der man seit mindestens sechs Monaten lebte. Somit verblieb uns die Gewerkschaft als einzige Institution, mit der wir unsere wichtige politische Stimme in die öffentliche gesellschaftliche Diskussion einbringen konnten. Die Gewerkschaft der Schafscherer war für uns die einzige demokratische Plattform für unsere angestrebten sozialen Reformen.

Nach fast einstimmigen Entscheidungen in der Führung der Gewerkschaft begann unser zweiter Streik am 17. Juni 1894. Wir sind geradezu euphorisch in diesen erneuten Arbeitskampf eingetreten, voller Erwartungen auf eine Verbesserung unserer Arbeits- und

Lebensbedingungen. In gewisser Weise fühlten wir uns nationalistisch, in positivem Sinne. Unter den Scherern und ihren Helfern bestand schon immer eine besondere Kameradschaft und gegenseitige Loyalität. Wir waren stolz, Australier zu sein, obwohl Australien noch keine einheitliche Nation war und nach wie vor aus sechs selbständigen Kolonien bestand, unter der Verwaltung durch die britische Krone. Allerdings liefen im Jahre 1894 bereits Vorbereitungen zur Gründung einer Australischen Föderation.

Die Zeitungen in ganz Australien berichteten mit starkem Interesse über unsere politischen Aktivitäten. Wir gründeten ein Streiklager nach dem anderen an Bahnhöfen und Häfen in ganz West-Queensland mit tausenden von Gewerkschaftern. Mit unseren Besetzungen wollten wir den Weitertransport und die Verladung der Wolle verhindern und die Züchter so zu einem Einlenken zwingen.

Im Juli erschien ein Aufruf zum Mord an 13 Schafzüchtern, unter anderen auch Bob McPherson. Wer diese Flugblätter verfasst hat und, ob sie überhaupt von unserer Gewerkschaft stammten, lässt sich nicht mehr klären. Auf jeden Fall hat die Aktion zu einer weiteren Verschärfung der Auseinandersetzungen geführt. Kurz darauf wurden Schafställe in Brand gesetzt, zuerst am dritten Juli Oondooroo, danach Cambridge Downs, Cassilis, Manuka, Eroungella und Murweh. Es waren noch mehrere andere Züchter, die von unseren Kollegen durch Brandanschläge geschädigt wurden, insgesamt 16 oder 17.

Zu einer weiteren Eskalation des Arbeitskampfes kam es, als die Kollegen am 28. August etwa zwei Meilen oberhalb der Moorara Station den grossen Raddampfer „Rodney" enterten, Passagiere und Besatzung von Bord jagten und das Schiff in Brand steckten. Wir mussten verhindern, dass über den Wasserweg Scherer und Arbeitsmaterial zu den Stationen längs des Darling River gebracht werden. „Rodney" hatte neben Schermaschinen und sonstigen Werkzeugen etwa 45 Streikbrecher für den Einsatz auf der Tolarno Scherstation an Bord. Die Kollegen haben gute Arbeit geleistet, denn das Schiff brannte komplett oberhalb der Wasserlinie ab und sank anschliessend auf Grund.

Nach den zahlreichen Angriffen auf Schafställe und Scherstationen im Juli und August hielten mich Polizei und Züchter für den Rädelsführer der Rebellen. Auf meinen Kopf wurde eine Belohnung von 1000 Pfund ausgesetzt. In ganz Queensland hat man nach mir gesucht. Es trifft zu, dass ich einige der Brandanschläge mit vorbereitet habe und auch daran teilgenommen habe. Meine Aufgabe aber sah ich vorwiegend darin, die Kollegen über ihre Rechte als freie Bürger zu informieren und die sozialen Missstände aufzuzeigen. Natürlich auf der Basis meiner sozialistischen Grundeinstellung, die während meiner Jugendzeit in Berlin entstand und in nunmehr elf Jahren Aufenthalt in Australien weiter gereift ist.

Durch unsere Informanten erfuhren wir, dass Bob McPherson und seine Brüder auf der Dagworth

Station am dritten September mit Streikbrechern aus der Kolonie Victoria ihre Schafe scheren lassen wollten. Mit allen zur Verfügung stehenden Mitteln musste ich versuchen, dies zu verhindern. Wir hatten nur wenige Tage Zeit, eine Aktion vorzubereiten. Von unserem Streiklager in Kynuna wäre der Weg nach Dagworth zu lang gewesen, also entschied ich, ein Nebenlager an einem sicheren Ort unten am Diamantina-Fluss aufzuschlagen. Von dort war die Station nach etwa eineinhalb Stunden Ritt zu erreichen.

Wir sammelten uns am Abend des zweiten Septembers an einem Felsvorsprung mit Blick auf Dagworth. Es wurde schon dunkel und wir sahen nur die blassen Lichter der Farm. Ich hatte 18 Buschmänner aus unserer Gewerkschaft um mich geschart, alle bis auf die Zähne bewaffnet. Dazu besaßen wir die besten und schnellsten Pferde der ganzen Region.

Ich ließ die Eureka-Flagge mit dem Kreuz des Südens an einem Baum hissen. Allen von uns war die starke emotionale Bedeutung dieses Symbols bewusst, unter dem die Arbeiter der Goldminen im November 1854 in Ballarat ihren mutigen Aufstand wagten. Mitten im Goldrausch von Victoria protestierten sie gegen die schlechten Arbeitsbedingungen in den Minen und forderten demokratische Reformen. Nur wenig später wurde der Aufstand blutig nieder geschlagen. Aber die Flagge bewahrt bis heute ihre Symbolkraft.

Ich wandte mich an die Kollegen mit einer flammenden Rede, etwa so: „Wir werden heute gegen Mitternacht den Schafstall von Dagworth angreifen und vollständig abbrennen. Im Kampf für unsere Freiheit und für soziale Gerechtigkeit! Wir kämpfen gegen den verhassten Großgrundbesitzer Bob McPherson." Die Männer jubeln und johlen.

„Morgen wird kein einziges Schaf geschoren! Der Schafstall wird nicht mehr da sein!"

Nachdem ich alle Männer noch einmal auf unser Vorhaben eingeschworen hatte, ritten wir vor Mitternacht los.

Der Vorteil lag auf unserer Seite, denn es herrschte an diesem Tag Neumond. Wir konnten uns im Schutz der dunklen Nacht der Dagworth-Station unbemerkt nähern und die Bewohner überraschen. Der Schafstall lag oberhalb eines etwas tiefer gelegenen ausgetrockneten Armes des Diamantina. Dort liessen wir die Pferde zurück und robbten uns bis auf etwa fünfzig Meter an das Stallgebäude heran. Niemand bemerkte uns. Die Nacht war anfangs noch fast windstill, es begann ein leichter Regen und man hörte nur das leise Rascheln der Blätter an den ringsum stehenden Coolibah-Bäumen.

Dann ging alles sehr schnell: nach Mitternacht eröffneten wir das Gewehrfeuer auf die Wohngebäude, einer von uns übergoss unter Feuerschutz der Kollegen die

Wollsäcke im Stall mit Benzin und warf ein Zündholz hinein. Als der Stall kurz danach voll in Flammen aufging, schossen wir weiter, damit die McPhersons keine Gelegenheit bekamen, den Brand zu löschen.

Bob McPherson musste geahnt haben, dass seine Station für den nächsten Angriff ausgewählt war, denn er hatte offenbar zusätzliche bewaffnete Männer mit ausreichender Munition bereit gestellt. Als unsere Munition zur Neige ging, eilten wir zurück zu unseren Pferden und ritten so schnell wie möglich davon. Die meisten kehrten noch in der Nacht in das Hauptlager nach Kynuna zurück. Nur fünf Männer und ich ritten zu unserem Camp am Combo-Wasserloch zurück. Dort hatten sich die Kollegen schon am Freitag eingefunden und ihre Zelte aufgeschlagen. Ich kam erst am Samstag zu den anderen in das Lager, weil ich noch ein Treffen mit dem Anführer der Streikenden im Kynuna-Camp hatte. Zwei Kollegen waren zur Wache bei den Zelten geblieben und nahmen nicht am Angriff teil.

Es war schon fast zwei Uhr morgens, als wir das Lager erreichten. Wir waren zwar erschöpft aber in guter Stimmung, denn wir hatten unser Ziel voll erreicht. Stolz
über die erfolgreiche Aktion sassen wir noch lange am Lagerfeuer, assen und tranken. Es müssen einige Flaschen Whisky gewesen sein, denn die Stimmung wurde immer ausgelassener und das Johlen der Kameraden immer lauter. Ein Kollege hatte inzwischen seine Gitarre hervor geholt und wir sangen aus

voller Kehle unsere alten
Buschsongs.

Bevor das Feuer erlosch, verbrannte ich noch schnell einige Papiere, die ich zuletzt immer bei mir trug. Es waren eigene Aufzeichnungen über unsere letzten Brandanschläge mit Einzelheiten über die Beteiligten und Skizzen der Örtlichkeiten.

Ich selbst trank nur wenig Alkohol in dieser Nacht, denn ich wollte noch einmal darüber nachdenken, wie es nun nach den vielen Angriffen weitergehen sollte. Die Kollegen lärmten mir zu stark und ich beschliesse, mich ein Stück vom Lager zu entfernen. Ich setze mich unter einen der vielen Coolibah-Bäume, lehne mich an seinen glatten Stamm an, stütze meinen Kopf auf die Hände und beginne zu grübeln.

Ich träume von einem neuen sozial gerechteren Australien, in dem jeder nach seinen Fähigkeiten und Bedürfnissen glücklich leben soll. Einmischung und Bevormundung durch reiche Grossgrundbesitzer oder Politiker dürfe es nicht mehr geben, so denke ich. Die verhassten Schafzüchter sollten unbedingt ihre sture, aggressive Haltung uns Arbeitern gegenüber aufgeben.

Vielleicht waren wir in unserem angelaufenen zweiten Arbeitskampf diesem Ziel schon ein Stück näher gekommen. Die unerbittliche Härte der Auseinandersetzungen und unsere berechtigten Forderungen nach Abschaffung der eklatanten sozialen

Ungerechtigkeit brachten unserer Gewerkschaft mehr und mehr öffentliche Zustimmung. Ich sehe unseren Sieg schon greifbar nahe, aber meine Mission ist noch nicht vollendet.

Andererseits ist mir auch bewusst, dass ich unter den Züchtern viele Feinde habe, die meine Thesen ablehnen und mich bekämpfen. Es ist ein Kopfgeld von Tausend Pfund auf meine Erfassung ausgesetzt. Diese hohe Summe könnte
vielleicht auch andere auf mich aufmerksam machen, befürchte ich, vielleicht auch Kollegen?

Der Tag bricht langsam herein, die ersten Vögel fangen an zu singen und eine Gruppe von Kookaburras, einer australischen Art von grossen Eisvögeln, stimmt mit ihrem typischen lauten Lachen in das Frühkonzert ein. Plötzlich höre ich nah hinter mir ein Rascheln im ausgedörrten Gras. Ich drehe mich erschrocken um, aber es war nur ein kleines Possum, eine australische Beutelratte, auf ihrem letzten Raubzug der Nacht.

Mein brauner, zerschlissener Lederhut rutscht mir in die Stirn. Ich spüre eine starke innere Unruhe in mir. Vielleicht rührt sie von der Anspannung der letzten Tage her. Und der Ungewissheit, wie alles weiter gehen würde. Meine Sinne fahren Karussell mit mir. Und mitten in dieser wilden Fahrt der Gedanken hatte das Tierchen tatsächlich bei mir einen Reflex ausgelöst, zur Waffe zu greifen. Meine Pistole, einen Rimfire Deringer Colt von

1890, trage ich nämlich stets bei mir.

In diesem Morgengrauen überfällt mich plötzlich eine merkwürdige Befürchtung, eine dunkle Vorahnung, dass mein Leben bald beendet sein würde.

Bob berichtet über den Brandanschlag auf Dagworth

Nach einigen erholsamen Tagen der Ruhe brechen Bob und Paterson nach einem wie immer ausgiebigen Frühstück mit Ei, Toast und Schinken erneut zu einem Ausritt auf. Begleitet von Bob’s Aboriginal Jimmy, geht es zunächst hinauf zu einem kleinen bewaldeten Hügel, von dem aus das Tal des Diamantina-Flusses zu überblicken ist. Die Reiter steigen nach einem etwa einstündigen Ritt von ihren Pferden ab und lassen sich auf einer Decke im Schatten eines alten Eukalyptusbaumes nieder. Jimmy serviert heissen Tee mit Milch und Zucker.

Bob hat, vielleicht als einziger, Anzeichen erkannt, dass

zwischen Paterson und seiner jungen Schwester Christina ein Liebesverhältnis entflammt ist. Seine Lebenserfahrung lässt es ihn vermuten, aber er ist sich nicht sicher und möchte das Thema bei Paterson noch nicht ansprechen. Der Gedanke, einen erfolgreichen Juristen und bekannten Poeten in der Familie zu haben, gefällt ihm allerdings.

„Du hast mich nach weiteren Einzelheiten zu den Vorgängen um den Brandanschlag an jenem Septembertag gefragt, Andrew",
Bob schaut Paterson ernst an,
„Hier oben sind wir allein und ich kann dir alles im Detail erzählen."

„Ja, Bob. Bevor wir übernächste Woche Dagworth wieder verlassen, möchte ich genau wissen, wie alles geschah."

Paterson kann es vor Erwartung kaum aushalten,

„Mich interessiert besonders, wie es zum Tod von Sam Hoffmeister kam und, ob es Selbstmord war oder nicht."

„Ok, Andrew."
Bob holt tief Luft, streicht sich mit beiden Händen durch sein verschwitztes hellbraunes mittellanges Haar,

„Über den Brandanschlag auf unseren Schafstall am zweiten September hast du ja schon einiges erfahren. Es gibt aber noch weitere Einzelheiten, die dich sicherlich interessieren werden."

„Ja, Bob, bitte schildere mir alle Details, damit ich mir ein genaues Bild machen kann."

Paterson starrt Bob mit aufgerissenen Augen voller Erwartung an. Bob fährt fort

„Nachdem seit August bereits fünf andere Schafställe angezündet worden waren, zuletzt am 27. August die Manuka-Station in der Nähe von Kynuna, hatte ich um Polizeischutz für unsere Farm gebeten."
Paterson kritzelt nervös Stichworte auf seinen kleinen Notizzettel.
„Es war Senior Konstabler Michael Daly, der an diesem Tag schon seit Einbruch der Dunkelheit vor unserem Haus seinen Wachposten eingenommen hatte, als uns kurz nach Mitternacht die ersten Schüsse aus dem Schlaf rissen. Wenig später standen meine

Brüder und ich, Konstabler Daly, der Aufseher Henry Dyer, der Stallmeister Weldon Tomlin und weitere Arbeiter mit Gewehren und Pistolen bereit und erwiderten das Feuer. Es sind anfangs schon mindestens vierzig Schüsse gefallen, vielleicht waren es auch 50."

Jimmy schenkt noch einmal Tee nach. Bob wischt sich mit dem Handrücken den Schweiss von der Stirn und fährt fort

„Unter Feuerschutz der Angreifer schlich sich einer von diesen Bastarden unbemerkt in unseren Stall, schüttete aus einem Kanister Benzin über die dort gelagerten Wollballen und den Stallboden. Wir sahen noch, wie er ein Streichholz entzündete und es hineinwarf. Die Flammen loderten sofort auf und in kürzester Zeit brannte der Stall lichterloh mit den fast 140 Schafen, den vierzig Scherständen, dem Wollager und dem gesamten Werkzeug."

Bob seufzt,

„Es war furchtbar, wegen des anhaltenden Schusswechsels konnten wir den brennenden Stall nicht mehr betreten, um die Tiere zu retten." „Nach vielleicht weiteren fünfzehn oder zwanzig Minuten mit anhaltendem Beschuss endete der Angriff genauso plötzlich wie er angefangen hatte. Die Männer entkamen auf ihren Pferden im Schutz der Dunkelheit. Es müssen mindestens zehn, wenn nicht 15 Angreifer gewesen sein. Erkennen konnte ich niemanden, aber ich hörte ihre Stimmen. Sie benutzten die

Ausdrücke der streikenden Gewerkschafter. Auch habe ich die Stimme ihres Anführers, Sam Hoffmeister, erkannt. Kurz nach Beginn des Angriffs setzte ein starker Regen ein. Unser Stall brannte aber schon so stark, dass auch der fast zwei Stunden anhaltende kräftige Regen den Brand nicht löschen konnte. Bis auf eine kleine Ecke brannte der Schafstall völlig ab."

„Warum wurde denn gerade Dagworth angegriffen? Hat es da einen besonderen Grund gegeben, Bob? Und wieso habt ihr denn die Schafe in den Stall getrieben?"
Andrew Paterson macht sich weitere Notizen auf seinem kleinen Schreibblock, den er ständig bei sich trägt.

„Ja, es gab einen Grund, Andrew",

Bob holt ein Taschentuch aus der Hosentasche und wischt sich wieder den Schweiß von der Stirn,

„Der Angriff fand in der Nacht von Sonntag auf Montag statt. Für diesen Montagmorgen hatte ich dreissig Scherer aus Victoria bestellt. Sie waren bereit, für den neuen abgesenkten Lohn zu arbeiten. Genau das wollten die Gewerkschafter verhindern."

Bob atmet schwer

„Ausserdem werde ich als Mitglied im Schafzüchterverband von der Gewerkschaft ohnehin als besonderes Angriffsziel angesehen. Am 14. August hielten wir auf Dagworth eine

Züchterversammlung ab. Es wurde lange diskutiert und hart um den richtigen Weg zur Bekämpfung des Streiks gerungen. Einige Kollegen versuchten noch, mich umzustimmen und in meinem Betrieb wieder zu den alten Konditionen von 1891 arbeiten zu lassen. Aber ich konnte schliesslich unsere bisherige Forderung nach einer erneuten Lohnsenkung für die Scherer im Züchterverband durchsetzen."

„Und die Schafe?"
erinnert Paterson an den zweiten Teil seiner Frage.

„Weil am Nachmittag schon dichte Wolken aufzogen und Regen erwarten liessen, haben wir die Schafe vorsorglich in den Stall getrieben, damit ihr Fell zum Scheren am nächsten Morgen nicht nass werden kann."

Jimmy verteilt Muffins mit Schokoladenstückchen und schenkt den beiden Männern aus dem alten verbeulten Kupferkessel Tee nach.

„Ich hatte zu diesem Zeitpunkt fast 100.000 Pfund Schulden. Um die Kredite der Banken bedienen zu können, war ich darauf angewiesen, die Wolle zu den gesunkenen Marktpreisen so schnell wie möglich zu verkaufen. Diese Banditen wollten mich in den Ruin treiben."

Bob schäumt vor Wut.
„Mit meinen Brüdern habe ich hier elf Jahre lang hart gearbeitet und erfolgreich eine Existenz aufgebaut. Das wollte ich mir nicht von diesen Verbrechern zerstören lassen."

Andrew Paterson hatte schon seit Monaten in der Presse die zahlreichen Berichte über die dramatischen Ereignisse in Queensland verfolgt.

„Was die Zeitungen in Sydney und Melbourne schrieben, klang nach einem bevorstehenden Bürgerkrieg. Ich habe dort gelesen, dass eine spezielle Einsatztruppe der Polizei für diese Region zusammengestellt wurde und sogar ein Sondergericht in Winton mit eigenen Befugnissen ausgestattet wurde. Der Streik der Schafscherer sollte wohl mit allen Mitteln so schnell wie möglich beendet werden, bevor der Kampf weiter eskaliert und womöglich auf weitere Wirtschaftszweige und Regionen in Australien übergreift."

„Ja, Andrew, genau so war es",

Bob schlürft den heissen Tee aus seiner Tasse und wischt sich die Lippen ab,

„der Streik musste unbedingt beendet werden. Es war ja nicht nur ein Arbeitskampf der Schafscherer sondern es wurden daneben auch allgemeine politische und soziale Forderungen erhoben. Daraus hätte leicht ein Flächenbrand, ja eine Revolution in ganz Australien entstehen können."

Bob lehnt sich zurück an den dicken Baumstamm und wirkt plötzlich etwas entspannter,

„aber schliesslich ist es uns ja gelungen, den Streik zu beenden und das war gut so. Nun ist wieder Ruhe eingekehrt"

„Was geschah dann am nächsten Morgen?"
fragt Paterson weiter zu den Geschehnissen auf Dagworth.

„In der Nacht haben wir noch versucht, den Brand vollständig zu löschen, um ein Übergreifen der Flammen auf die Nachbargebäude zu verhindern. Der Schafstall war aber nicht mehr zu retten, fast drei Viertel des Gebäudes sind niedergebrannt. Nur wenige Tiere haben überlebt und der Sachschaden war sehr groß, alle unsere Wollvorräte und Werkzeuge wurden vernichtet, auch die meisten unserer Scherstände."

Bob stöhnt,

„leider konnten wir wegen des starken Regens in der Nacht

von den Pferden der Angreifer keine Hufabdrücke oder sonstige Spuren finden. Die Banditen haben aber bei ihrer Flucht zwei Gatter in Richtung zum Diamantina-Fluss offen gelassen. Deshalb vermuteten wir, dass sie in diese Richtung flüchteten. In den letzten Tagen war schon zu beobachten, dass sich einige Gewerkschafter zwischen Dagworth und Kynuna versammelten und dort ein kleines Camp einrichteten. Das Hauptlager mit über zweihundert Streikenden war allerdings in Kynuna. Es wurde von der Polizei Tag und Nacht beobachtet."

„Wie kam es dann zum Tod des Rädelsführers Hoffmeister, den seine Kumpel wohl „Frenchy" nannten?" erkundigt sich Paterson weiter. Bob nimmt noch einen Schluck aus der grossen Teetasse,

„Schon bevor es am nächsten Morgen hell wurde, bin ich mit Konstabler Daly die zwanzig Meilen nach Kynuna geritten, um dort bei der Polizeistation den Brandanschlag auf unsere Farm zu melden. Ich hoffte auch, Verstärkung durch weitere Polizisten zu bekommen, um die Banditen zu suchen. Gegen 10 Uhr am Montag-Vormittag erreichten wir die Kynuna Polizeistation."

Paterson sieht in seiner Phantasie die beiden Reiter auf ihren schnellen Pferden in aller Frühe durch das Grasland galoppieren. Die aufgehende Sonne versetzt das vertrocknete Gras in ein Farbenspiel aus grün, braun und gelb. Die Hufe der Pferde pflügen den ausgedörrten Boden durch und die Erde wirbelt bei jedem Schritt der Pferde durch die Luft.

Bob fährt fort

„Als wir in der Polizeistation von Kynuna eintrafen, war mein Freund Sam McColl McCowan, Besitzer der Kynuna-Farm, auch gerade angekommen. Er berichtete aufgeregt, dass man in der Frühe die Leiche eines gewissen „Frenchy" am Combo-Wasserloch gefunden habe. Am Morgen sei ein Swagman, einer der Streikenden, bei ihm auf der Farm erschienen und hätte ihm dies mitgeteilt."

Paterson schmiert wieder Notizen in sein kleines Büchlein. Ausser ihm kann es wohl niemand entziffern.

„Und wie ging es dann weiter?" will er wissen. Bob lässt den Jungen Tee nachgiessen.

„Mit Sam McColl McCowen, dem Senior Konstabler Michael Daly und den beiden in Kynuna stationierten Konstablern Robert Dyer und Austin Cafferty ritten wir gemeinsam zu der angegebenen Stelle am Diamantina-Fluss. Es muss der Ort gewesen sein, an den sich die Banditen nach dem Angriff auf unsere Farm zurückgezogen hatten. Als wir nach etwa einer halben Stunde Ritt das Combo-Wasserloch erreichten, überraschten wir sieben Männer, die offensichtlich zu den Angreifern auf Dagworth gehörten. Sie sassen noch vor ihren Zelten und unterhielten sich."

„Und was geschah dann?"

Paterson's Anspannung ist unübersehbar. Auch Bob hat seine Erregung über die Ereignisse immer noch nicht ganz verarbeitet, seine rechte Hand mit der Teetasse zittert.

„Sie wurden von den Polizisten sofort festgenommen und in Handschellen auf die Polizeistation nach Kynuna gebracht. Als wir sie fragten, wo ihr Anführer „Frenchy" Hoffmeister sei, deuteten sie wortlos auf eine Stelle, nicht weit vom Lager entfernt. Als Sam McColl McCowen, der Konstabler Cafferty ich dorthin gingen, entdeckten wir eine Leiche unweit des morastigen Ufers. Es war Frenchy. In seinem Mund klaffte eine blutende Wunde, neben seiner rechten Hand lag eine Pistole, aus der der tödliche Schuss vor nicht allzu langer Zeit abgefeuert worden sein musste."
Bob bebt am ganzen Körper.

„Also war es Selbstmord, ich habe es gewusst."

möchte Paterson bestätigt bekommen. So hatte er es nämlich anhand seiner zahllosen Notizen bereits zu einem ersten Entwurf für die Verse seiner Ballade verarbeitet.

„Ja, Andrew. Seine sieben verhafteten Kumpanen haben einige Tage später vor Gericht in Kynuna ausgesagt, dass sich Hoffmeister selbst das Leben genommen habe. „Die kriegen mich nicht lebendig" soll er ausgerufen haben und verschwand in Richtung Billabong. Kurz darauf hätten die Zeugen den Schuss gehört."

Paterson vermutet schon seit den vielen Schilderungen von Bob und seinen Brüdern, dass Hoffmeister gern als Freiheitskämpfer in die Geschichte eingehen wollte, der sich lieber selbst richtet als von den Troopern gefangen genommen und eingesperrt zu werden. Es scheint, als hätte Paterson schon Entwürfe für ein neues Gedicht über die Ereignisse auf Dagworth im Kopf.

Bob's Gesicht wirkt jetzt etwas entspannter, als er noch anfügt

„Der Streik der Schafscherer wurde nur wenige Tage danach beendet und das Leben ging endlich wieder normal weiter, nach all diesen Aufregungen."

Sagt Bob McPherson zu Paterson die Wahrheit oder hat sich das Drama vielleicht völlig anders abgespielt?

Der junge Aboriginal packt die Decke und das Teegeschirr zusammen und die Reiter brechen zur Rückkehr nach Dagworth auf. Etwa eine halbe Stunde später sieht Bob in einiger Entfernung ein Schaf liegen. Als erfahrener Buschmann kann er unterscheiden, ob es schläft, vielleicht verletzt ist oder gar tot. Er hat bereits einen Verdacht, weil das Tier schon fast zu natürlich ausgebreitet erscheint. Sie reiten zu der Stelle, an der das Schaf wie an einen Baum angelehnt liegt. Bob lässt den Jungen vom Pferd steigen.

„Es ist tot",
ruft Jimmy.

„Dann dreh' es um, damit wir erkennen können, wie es umgekommen ist."

Als der Junge das Tier umdreht, zeigt sich, dass Teile der Schulter und ein Bein fehlten.

„Wer war das? Wer macht so etwas schreckliches?"
Andrew Paterson ist schockiert.

„Das war bestimmt einer der Swagmen, die hier als Wanderarbeiter vorüber ziehen. Sie jagen das Schaf mit ihrem Hund bis es erschöpft zum stehen kommt. Dann töten sie es und schneiden sich das Fleisch mit dem Messer heraus, das sie gerade zum essen brauchen. Den restlichen Kadaver legen sie dann so hin, dass es aussieht, als sei das Tier eines natürlichen Todes gestorben. Das passiert immer wieder."

Paterson schreibt wieder einige Stichworte in sein Büchlein. Bob erwähnt noch einmal

„dabei wissen sie doch genau, dass sie bei mir auf der Farm etwas zu essen bekommen würden, so wie es alle Wanderarbeiter von mir erwarten können. Aber nach den fürchterlichen Ausschreitungen während des Streiks haben die Schafscherer wahrscheinlich bis heute noch Angst, von einem der Farmer wiedererkannt zu werden."

Bob's Stimme wird wieder lauter,

„Sie salzen einen Teil des Jumbucks und nehmen nur mit, was sie in ihrer Tragetasche, dem „Tuckerbag", tragen können. Den Rest lassen sie einfach liegen - das ist ein sträfliches

Vergehen an den Tieren und an ihren Besitzern."

„Was heisst eigentlich Jumbuck?",

Paterson schreibt auch dieses Wort auf seinen Notizblock.

„Das ist ein hier üblicher Ausdruck für ein Schaf. Schafe waren ja in Australien ursprünglich nicht heimisch. Erst die Einwanderer aus England führten die Tiere hier ein. Der Name „Jumbuck" stammt von den Aboriginals. Als sie zum ersten mal in der Ferne eine Herde Schafe mit ihren in der Morgensonne weiss glitzernden Fellen am Horizont erblickten, glaubten sie zunächst, es sei Frühnebel, „Jombok". Daraus entwickelte sich allmählich der inzwischen im Outback weit verbreitete Ausdruck „Jumbuck" für ein Schaf."

Die Männer machen auf dem Ritt zurück nach Dagworth noch eine kurze Pause am Diamantina-River, gönnen nach dem schnellen Ritt ihren Pferden eine kurze Rast und sich selbst eine erfrischende Abkühlung in einem der Seitenarme des Flusses. Dann reiten sie zur Dagworth Station zurück und bereiten sich auf das Dinner vor.

Wie an jedem Abend sitzen alle nach dem Essen noch eine Weile am Tisch zusammen, trinken und reden miteinander. Gern liest Andrew Paterson aus seinen Gedichten vor und Christina singt den einen oder anderen Buschsong, begleitet auf ihrer alten Zither.

Als die anderen schon zu Bett gegangen waren, sitzen an diesem Abend Christina und Paterson noch lange an dem alten Esszimmertisch aus Nussbaumholz zusammen. Christina muss auf der Zither immer wieder die Melodie spielen, von der Paterson so mitgerissen war. Er überarbeitet seine Textentwürfe viele Male, bis sie seiner Meinung nach zur Melodie und zum Rhythmus passen. Schritt für Schritt nimmt die Ballade über die Vorgänge auf Dagworth und den Kampf der Schafscherer Gestalt an.

Beide sitzen eng neben einander und feilen gemeinsam an Details. Paterson wirkt allerdings unkonzentriert, weil
er ständig Christina anschaut und mit ihr flirtet. Für
Paterson ist es Teil seines angeberischen Spiels, nur eine

amouröse Affaire. Christina hingegen arbeitet in ihrer Liebe und Bewunderung für den Dichter hoch konzentriert
mit, um gemeinsam mit Patterson schrittweise Text und
Melodie zu der Ballade zusammen zu führen.

An diesem Abend wird der Text für die erste Version des Liedes zu Papier gebracht:

Oh! there once was a swagman camped in the Billabong,
Under the shade of a Coolibah tree;
And he sang as he looked at his old billy boiling,
„Who'll come a-waltzing Matilda with me"

Who'll come a-waltzing Matilda, my darling,
Who'll come a-waltzing Matilda with me?
Waltzing Matilda and leading a water-bag
Who'll come a-waltzing Matilda with me?

Down came a jumbuck to drink at the water-hole,
Up jumped the swagman and grabbed him in glee;
And he sang as he put him away in his tucker-bag,
„You'll come a-waltzing Matilda with me."
Who'll come a-waltzing Matilda, my darling,
Who'll come a-waltzing Matilda with me?

Waltzing Matilda and leading a water-bag
Who'll come a-waltzing Matilda with me?

Down came the Squatter a-riding his thorough-bred;

Down came policemen - one, two and three.
„Whose is the jumbuck you've got in the tucker-bag?

You'll come a-waltzing Matilda with we."
Who'll come a-waltzing Matilda, my darling,
Who'll come a-waltzing Matilda with me?
Waltzing Matilda and leading a water-bag

Who'll come a-waltzing Matilda
with me?

But the swagman, he up and he jumped
in the water-hole,
Drowning himself by the Coolibah
tree;
And his ghost may be heard as it
sings in the Billabong,

„Who'll come a-waltzing Matilda with
me."
Who'll come a-waltzing Matilda, my
darling,
Who'll come a-waltzing Matilda
with me?
Waltzing Matilda and leading a
water-bag
Who'll come a-waltzing Matilda
with me?

Christinas Schulfreundin Sarah Riley, bereits 32 Jahre alt und inzwischen schon acht Jahre mit Paterson verlobt, beobachtet schon seit ihrer Ankunft auf Dagworth mit Argwohn das Werben ihres Verlobten um die schöne Christina. Sie fühlt sich tief enttäuscht und mehr und mehr gedemütigt, je länger die Affaire andauert. Längst hat sie ihre Hoffnungen auf eine Ehe mit dem erfolgreichen Dichter begraben.

Diese verhängnisvolle Dreiecksbeziehung führt Sarah und Christina, viele Jahre beste Freundinnen, in einen tragischen persönlichen Konflikt. Stress und die Angst, bei ihrer Liebe von den übrigen aus der kleinen Gruppe auf Dagworth entdeckt zu werden, müssen für Christina

entsetzlich gewesen sein. Hinzu
kommt bei ihr die
berechtigte Besorgnis, dass ihre
grosse Liebe zu Paterson eines Tages
enttäuscht werden könnte.

Uraufführung „Waltzing Matilda"-Ballade

Paterson genoss seine Wochen im Westen Queenslands in vollen Zügen, jeden einzelnen Tag. Der abwechslungsreiche Aufenthalt auf Dagworth brachte dem Dichter und Schriftsteller eine Fülle interessanter Ideen und Anregungen für neue Werke. Die authentischen Schilderungen der Gastgeber über die Auseinandersetzungen mit den Schafscherern und über die harte Lebenswirklichkeit im Outback boten eine unerschöpfliche Fundgrube für sein weiteres Schaffen. Die Abende im Kreis der Freunde, an denen er seine Gedichte vortragen konnte und aus seinen Büchern vorlas, waren für sein Ego auch sehr wichtig. Anerkennung und Lob konnte er nicht genug bekommen. Nicht zuletzt waren es auch die angenehmen Stunden mit Christina - bei gemeinsamer Arbeit an der Ballade, aber auch in trauter heimlicher Zweisamkeit.

Die Zeit der nahezu ungebundenen Freiheit neigt sich nun, Ende Januar, für den Dreissigjährigen dem Ende zu. Sein feines Büro in der Bondstreet in Sydney und seine wohlhabenden Mandanten erwarten ihn schon. Am zweiten Februar 1895 steigt er in Winton in die Kutsche nach Longreach. Vor ihm liegen zwei Tage in der Pferdekutsche, danach ein Tag im Zug nach Rockhampton. Am sechsten Februar wird das Schiff „S.S. Burwah" ablegen und Brisbane einen Tag später anlaufen. Schliesslich wird seine lange Reise nach einer weiteren Zugfahrt am neunten Februar in Sydney enden.

Der Zufall ergab, dass R.C. Ramsay von der Oondooroo-Station nahe Winton Bob McPherson schon vor einiger Zeit zu sich eingeladen hatte. Ramsay forscht und experimentiert auf seiner Farm an wirksamen Methoden zur Vermeidung und Bekämpfung von Buschfeuern. Jetzt wollte er seine Ergebnisse einigen Farmern in der Region präsentieren.

Bob McPherson nimmt diese Einladung zum Anlass, mit Andrew Paterson und Christina von Dagworth nach Oondooroo zu reisen. Bis Winton, wo Paterson seine Rückreise nach Sydney starten wird, fehlen von dort nur wenige Meilen. Vater McPherson, Sarah Riley und Jean McPherson bleiben bis zur Hochzeit von Jean im April auf Dagworth zurück.

Der offene Buggy der McPhersons wird von zwei starken Pferden gezogen, weitere zwei Ersatzpferde laufen hinter der kleinen Kutsche mit. In Harrington's Shanty Bar in Dick's Creek macht die kleine Gruppe Rast zum Mittagessen und Pferdewechsel. Sie beherzigen gern die alte Buschmann-Regel „Fahr nie an einem Pub vorbei, ohne einzukehren!" Dies hat nicht nur mit dem Wunsch nach gekühlten Getränken und leckeren Steaks zu tun. Die Pub-Besitzer stehen nämlich auf den einsamen Busch-Strassen oft auch als 24-Stunden-Mechaniker und Erste-Hilfe zur Verfügung. Deshalb pflegt man gern den Kontakt.

Am Abend erreicht die Kutsche nach vierzig Meilen Fahrt durch die staubigen Weiten des Outbacks die

Station Ayrshire Downs, wo sie bei Freunden übernachten. Am späten Nachmittag des nächsten Tages kommen sie nach weiteren vierzig Meilen Fahrt am Ziel in Oondooroo an, wo sie freundlich empfangen werden. Der Abend bringt eine Überraschung.

Als Paterson und Christina ein Piano im Haus entdecken, erzählen sie von ihrer gemeinsam entworfenen Ballade „Waltzing Matilda". Ramsay's Bruder, Herbert Ramsay, zeigt sich interessiert, das Lied zu singen. Er hat eine sehr sonore Baritonstimme und ist schon mehrfach im Raum Winton als Interpret von Buschsongs aufgetreten. Es wird kurz geprobt, einige Passagen werden noch einmal leicht überarbeitet. Dann setzt sich Christina an das große schwarze Piano und begleitet Ramsay bei seinem Gesang. An diesem dreissigsten Januar 1895 wird das Werk von Christina und Banjo Paterson zum ersten Mal von einem ausgebildeten Sänger und in Klavierbegleitung vorgetragen. Die Stimmung ist ausgelassen und alle singen begeistert immer wieder das Lied mit. Sie gewinnen den Eindruck, das Lied könne ein grosser Publikumserfolg werden.

Am nächsten Morgen führt R.C. Ramsay Bob McPherson seine Methoden zur Buschbrandbekämpfung vor. Danach verabschieden sich Bob und seine Schwester Christina und kehren wieder nach Dagworth zurück. Andrew Paterson wird von Herbert Ramsay mit der farmeigenen Kutsche nach Winton gefahren, von wo er seine lange Reise nach Sydney antritt. Gern wäre er noch länger im Outback geblieben.

Nicht nur seine Arbeit als erfolgreicher Rechtsanwalt und Kanzleipartner forderte Paterson's Rückkehr nach Sydney, auch sein Vorhaben, eine Auswahl seiner Werke einem Verlag zum Druck anzubieten. Der neue Gedichtband mit dem Titel „The Man from the Snowy River" sollte seine zahlreichen Gedichte, Erzählungen und Balladen aus dem Outback enthalten. Auch sein neues „Waltzing Matilda" wollte er darin veröffentlichen.

Zu einem langen Aufenthalt in Sydney sollte es aber nicht kommen, denn im Mai des selben Jahres fand in Winton ein bedeutendes Pferderennen statt, ein gesellschaftliches Ereignis mit besonderer Wichtigkeit für die gesamte Region. Hier erhoffte sich Paterson weitere persönliche

Kontakte zu den einflussreichen und wohlhabenden Grundbesitzern und Züchtern. Dies war seine Welt. Er genoss sein hohes Ansehen in der feinen Gesellschaft und liess sich gern als berühmter Poet zu privaten und öffentlichen Veranstaltungen einladen.

Patersons erneute Reise nach Winton, wieder mit Schiff, Eisenbahn und Kutsche, führte ihn zunächst zum Haus der Familie Riley in Winton, Aloha in der Vindex Street. Hier war er als langjähriger Verlobter ihrer Tochter Sarah und Freund der McPhersons ein gern gesehener Gast und konnte sich nach der anstrengenden Reise kurz erholen. Am frühen Nachmittag des 6. April 1895 trafen sich auf Einladung von Fred Riley und seiner Frau einige ihrer Freunde zum Tee. Auch Herbert

Ramsay, der Sänger von der
Oondooroo-Station, und eine gewisse
Miss Pene, die
Klavierlehrerin von Frau Riley,
nahmen daran teil. Fräulein
Josephine Pene ist seit Jahren mit
Bob McPherson liiert. Als einfache
Schneiderin kommt sie zwar für den
reichen Schafzüchter nicht als
Ehefrau in Frage, aber Bob schätzt
ihre Klugheit und ihre hohe
Musikalität sehr.

Paterson zeigt für die gut
aussehende junge Frau eine besondere
Aufmerksamkeit, denn sie stellt sich
auch noch
als eine hoch begabte Pianospielerin
heraus. Sofort studieren sie Musik
und Text von „Waltzing Matilda" ein
und Herbert Ramsay singt. Dabei
gelingt es Miss Pene in kürzester

Zeit, Paterson davon zu überzeugen, dass eine andere Melodie zu seinen Versen besser harmonieren würde.

Bereits im Winter 1894, lange vor dem Besuch von Andrew Paterson auf Dagworth, hatte Josephine bei einem ihrer zahlreichen Besuche bei Bob die Idee zu einem Buschsong über die aufregenden Ereignisse auf Dagworth geäussert. Als Basis wählte sie dazu die Melodie von „The Bold Fusilier", einem alten englischen Lied aus der Zeit des hundertjährigen Kriegs. Mit diesem Lied zogen die Soldaten Anfang des 18. Jahrhunderts durch die Strassen von Rochester in der Grafschaft Kent, um junge Männer für die damaligen Marlborough-Kriege zu rekrutieren. Das war zur Zeit von Königin Anne. Die Melodie ähnelt stark dem schottischen Craigielea-

Marsch, den Christina McPherson in Dagworth auf ihrer Zither vorgespielt hatte, klingt aber etwas flotter.

Frau Riley serviert ihren Freunden Tee und selbst gebackenen Kuchen, aber sie arbeiten unentwegt an einer veränderten Version der Ballade. Paterson hatte schon auf Dagworth beklagt, dass er zu der für ihn damals unbekannten Melodie seine Verse anpassen musste. Nun geschieht, was für einen Poeten wichtig ist, er bekommt für seine fertigen Verse eine Melodie, die viel besser zum Rhythmus der Worte passt. Nach einiger Zeit des Probierens und kleineren Anpassungen der Melodie entsteht schrittweise die neue Version von „Waltzing Matilda". Der Tee war inzwischen kalt geworden, der Kuchen blieb unberührt.

Am Samstagabend, dem sechsten April 1895, finden sich im noblen North Gregory Hotel in Winton neben der Gruppe aus dem Haus der Riley's eine Reihe wohlhabender Züchter und Farmer aus der ganzen Region ein. Auch Bob McPherson und seine Schwester Christine sowie die langjährige Verlobte von Andrew Paterson, Sarah Riley, zählen zu den Gästen. Anlass ist ein festliches Bankett, das zu Ehren des Premierministers von Queensland, Sir Hugh Nelson, gegeben wird. Er reiste nach Winton, unter anderem, um seine Pläne einer Verlängerung der bestehenden Eisenbahnstrecke von Hughenden nach Winton vorzustellen, wie sie von den hiesigen Züchtern für ihre Gütertransporte seit Jahren gefordert werden.

Nach einem exquisiten Abendessen im prachtvoll geschmückten Saal des Restaurants erfahren die versammelten Gäste eine grosse Überraschung. Bevor das Dessert serviert wird, stellt sich Paterson als landesweit bekannter Poet und Schriftsteller vor das Publikum und kündigt die Erstaufführung seiner Ballade „Waltzing Matilda" an. Die angeregte Unterhaltung der Gäste wird jäh unterbrochen, als der im Raum Winton bekannte und sehr beliebte Sänger Herbert Ramsay die kleine Bühne betritt und sich unter grossem Applaus neben dem schwarzen, lackglänzenden Piano aufstellt. Sofort kommt Miss Pene hinzu, bedächtig schreitend in ihrem bodenlangen, dunkelblauen Abendkleid mit weissen Stickereien am leicht ausgeschnittenen Oberteil. Die kleine Person nimmt würdevoll an dem grossen Piano Platz, blickt leicht nickend zu Ramsay hinüber und beginnt die Melodie zu spielen. Ramsay stimmt ein. Als hoch gewachsene imposante Erscheinung, im schwarzen Anzug mit silberner Schleife, übertrifft er mit seiner sonoren Stimme die Erwartungen des Publikums. An diesem Abend wird Patersons Ballade zum ersten Mal in der Öffentlichkeit aufgeführt.

Tosender Beifall schallt Paterson und den beiden Interpreten entgegen. Die Zuhörer fordern, das Lied ein zweites und drittes Mal zu hören. Wenn der Refrain ertönt, singen die meisten lauthals und voller Begeisterung mit. Dieser Enthusiasmus wird noch lange anhalten und die Ballade zu immer neuen Erfolgen tragen, in Australien und in der ganzen Welt.

Für Christina McPherson muss es ein grosser Schock gewesen sein, in der Öffentlichkeit völlig unvorbereitet mitzuerleben, wie „ihr" Waltzing Matilda aus ihrer Sicht sabotiert und geschändet wurde. Text und Melodie sind zu ihrer grossen Überraschung deutlich verändert worden. Nach Ende der Veranstaltung stellt sie Paterson zur Rede und wirft ihm lautstark vor, sie mit Josephine Pene und der veränderten Version der Ballade hintergangen zu haben. Sie ist ausser sich und beschimpft die neue Version abwertend als vulgäres und schäbiges Lied. Es kommt zu einem handfesten Streit. Bei Christina entladen sich sämtliche Emotionen, die sich bei ihr beim gemeinsamen Erarbeiten der Ballade angestaut hatten. Am Ende der Auseinandersetzung trennt sie sich von Paterson für immer. Auch Sarah Riley, die bisher auf Christinas Beziehung zu ihrem Verlobten Paterson eher enttäuscht und neidisch reagiert hatte, bricht endlich aus sich heraus und wirft Paterson ihrerseits Vertrauensbruch und Untreue vor. Ihre Verlobung wird offiziell aufgelöst. Paterson wird sich später nur sehr ungern an diese peinlichen Vorgänge in der Hotellobby erinnern.

Bob McPherson macht an diesem Abend auch keine glückliche Figur. Er steht zwischen seiner Geliebten Josephine Pene, vom Publikum umjubelt und von Paterson umschwärmt, und seiner enttäuschten

Schwester Christina. Immerhin finden die beiden Freundinnen Sarah und Christina in ihrem Schmerz über ihre enttäuschte Liebe wieder zu einander. Der Abend endet für die beiden jungen Frauen in einer persönlichen Katastrophe, aber der Ballade gelingt der erste grosse Durchbruch.

Auch einen Monat später, am 28. und 29. Mai, bei den ersten Amateur-Pferderennen in Winton, wurde das Lied
Waltzing Matilda vielfach aufgeführt, wieder in der neuen Version von Miss Pene. Das Lied schaffte einen weiteren Durchbruch zum überwältigenden Publikumserfolg. Die Leute sangen den Refrain mit oder summten die eingängige Melodie. Da es keine gedruckten Vorlagen für Text und Musik gab, machten sich

einige der Gäste beim Pferderennen handschriftliche Notizen und trugen so auf ihre Weise zur Verbreitung der Ballade im Outback bei.

Zeugenaussagen zum Tod von Sam Hoffmeister

„Am heutigen fünften September 1894 eröffne ich im Namen von Polizei-Magistrat Ernest Eglinton die gerichtliche Untersuchung in der Todessache Samuel Hoffmeister. Geladen sind sieben Zeugen. Es werden nun zunächst die fünf Zeugen unter Eid befragt, die mit dem Verstorbenen zuletzt im Camp am Diamantina-River zusammen waren."

Sub-Inspektor Dillon von der Polizeistation Kynuna zupft nervös an seinem Hemdkragen und nimmt wieder auf seinem Stuhl auf dem Podest des kleinen Saales in der Polizeistation von Kynuna Platz. Die Luft ist stickig. Als ersten Zeugen ruft er Herrn Neil Highland in den Zeugenstand.

„Bitte nennen Sie Ihren Namen, Beruf und Wohnort und schildern Sie dem Gericht, was Sie in der Nacht vom zweiten auf den dritten September gesehen und gehört haben."

„Mein Name ist Neil Highland. Ich bin Schafscherer und Buschmann und campe seit Monaten im Streiklager der Gewerkschaft in Kynuna. Ich kam in das Camp am Combo Billabong am Freitagabend. Frenchy, der Verstorbene, kam erst am Samstagabend gegen Sonnenuntergang ins Camp geritten."

Neil macht eine kurze Pause in seiner Schilderung. Der Inspektor blickt über seine Brille und fragt nach:

„Was haben Sie genau gesehen nach seiner Ankunft? Ich bitte um präzise Aussagen!"

Neil's Hand zittert etwas, als er fortfährt.

„Frenchy schlug kein Zelt auf wie ich und die anderen. Er verbrachte die Nacht von Samstag auf Sonntag im Freien, unter einem Eukalyptusbaum zwischen meinem Zelt und dem Zelt eines Kameraden. Ich hatte mich schon zwischen 8 und 9 Uhr am Abend in meinem Zelt nieder gelegt und begann zu schlafen. Am Sonntag geschah nichts besonderes, alle ruhten sich aus und unterhielten sich. Es wurde gegrillt. Am Sonntag-Abend nach Eintritt der Dunkelheit ritten er und einige Kameraden fort. Als ich am Montag frühmorgens aufwachte, hatte es nachts geregnet, alles war nass. Die Kollegen kamen ins Lager zurück und zündeten ein Feuer an."

„Wann kamen Hoffmeister und seine Helfer ins Lager zurück, zu welcher Uhrzeit?"
will der Inspektor genau wissen.

„Das weiss ich nicht genau, denn ich besitze keine Uhr. Es muss aber sehr früh am Morgen gewesen sein. Es war noch dunkel, sehr dunkel, weil wir Neumond hatten. Frenchy reichte mir seine Matilda-Decke, seinen Revolver im Halfter und sein Gewehr ins Zelt und ging zum Feuer. Ich blieb noch im Zelt und schaute auf den Platz mit dem Feuer."

„Ist Ihnen irgend etwas Besonderes am Verhalten Hoffmeisters an jenem Morgen aufgefallen?"

„Ja, Sir. Mir fiel auf, dass er ständig allein im Camp umherging, während die anderen am Feuer sassen und Fleisch grillten. Er schien etwas unruhig zu sein oder hatte vielleicht ein Problem. Mehr kann ich dazu nicht sagen. Ich legte mich zurück in mein Zelt und schlief wieder ein."

„Und was geschah dann später an diesem Morgen?",
der Inspektor wird ungeduldig, hatte er doch offensichtlich weitergehende Informationen erwartet.

„Als es hell wurde, kamen die Kollegen aus ihren Zelten, zündeten das Lagerfeuer wieder an und begannen zu frühstücken. Frenchy sass auch am Feuer. Fremde waren nicht dabei, nur unsere Kameraden."

„Haben Sie denn sonst nichts bemerkt. Hoffmeister hatte doch nur noch kurze Zeit zu leben!"

ruft der Inspektor sichtlich verärgert.

„Doch, Sir. Als wir alle mit dem Essen fertig waren, sah ich, wie Frenchy ein paar Papiere ins Feuer warf. Es sah aus wie Seiten eines Briefes oder Notizblätter. Genaues konnte ich nicht erkennen. Er murmelte dabei vor sich hin „Erledigt, bin jetzt sehr zufrieden". Dann
entfernte er sich vom Lager weg in Richtung Billabong. Ich sah noch, wie er hinter einem Busch verschwand. Und dann
hörte ich Schüsse aus einer Feuerwaffe."

„Wieviele Schüsse haben Sie gehört und was geschah dann?"

„Ich kann mich nicht genau erinnern, es war mindestens ein Schuss, vielleicht auch zwei. Bald darauf sah ich, dass einige der Kameraden in die Richtung eilten, aus der die Schüsse kamen. Sie fanden Frenchy tot halb auf seiner linken Seite am Boden liegend. So haben sie es mir berichtet."

Jetzt zittert Neil am ganzen Körper vor Aufregung.

„Ich bin dann sofort zu Mister McCowan auf der nahen Kynuna Station geritten, um zu melden, was passiert war. Als ich kurze Zeit später wieder zurückkehrte, ging
ich allein zu dem Ort, an dem Frenchy lag und deckte seine Leiche mit seiner Matilda-Decke ab. Dabei sah ich eine schreckliche Verletzung in seinem Gesicht, die

wohl durch einen Schuss aus nächster Nähe verursacht worden war. Alles war voller Blut. Es war furchtbar anzusehen. Der Revolver, der neben ihm auf dem Boden lag, sah aus, wie der Colt, den mir Frenchy in mein Zelt gab. Ich sprach ein kurzes Gebet und kehrte zum Lager zurück. Dann packte ich mein Zelt und mein Gepäck zusammen und ritt zum Hauptlager nach Kynuna zurück."

Inspektor Dillon fragt noch einmal nach:
„Danke Mr. Highland. Haben Sie etwas von einem Streit
Hoffmeisters mit anderen Kollegen bemerkt?"

Neil Highland antwortet sofort:

„Nein, Sir. Alle waren freundlich zu Frenchy, ich habe keinerlei Streit oder Diskussionen gehört oder gesehen. Ich nehme an, er hat sich selbst erschossen. Warum, kann ich aber nicht sagen."

„Sie können sich nun wieder setzen, Mr. Highland. Ich rufe den nächsten Zeugen Mr. William Moody auf."

Der Inspektor nickt zu seinem jungen Assistenten Tom hinüber, der die Aussage nahezu im Wortlaut handschriftlich mitgeschrieben hat. Es folgt eine kurze Unterbrechung in der Hitze des späten Vormittags. Dann wird die Befragung der Zeugen fortgesetzt.

Die Hitze in dem kleinen Versammlungsraum der Polizeistation in Kynuna wird langsam fast unerträglich.

Ein Heer von aggressiven Fliegen macht es den Anwesenden nicht leicht, sich auf die Fragen des Inspektors zu konzentrieren und sich an die Vorgänge am Combo-Wasserloch zu erinnern.

Als zweiter Zeuge antwortet William Moody auf die Frage nach Name und Wohnort:

„Ich bin streikender Schafscherer und Farmarbeiter, lebe zur Zeit im Streiklager Kynuna."

„Wie war Ihr Verhältnis zu Samuel Hoffmeister?"

will der Inspektor wissen. Die Frage zielt offenbar darauf ab, ob es zwischen Hoffmeister und den Kollegen zu Zwistigkeiten gekommen war, die vielleicht zu einem Mord hätten führen können.

„Wir waren alle freundlich zu ihm, Frenchy hatte weder mit mir noch mit anderen aus dem Lager irgendwelche Streitereien oder Ärger. Alle haben ihn sehr geschätzt wegen seiner grossen Kenntnisse über unsere Rechte als Gewerkschafter. Ein wenig Einzelgänger war er aber schon."

„Was haben Sie bemerkt, nachdem Hoffmeister das Camp erreichte und wann war das?"

„Frenchy kam erst am Samstag-Abend in das Camp geritten. Er sah gesund aus und ich hatte den Eindruck, dass er nüchtern war. Er übernachtete später in Neil

Highlands Zelt. So gegen neun Uhr am Abend zog ich mich zum schlafen in mein Zelt zurück. Einige der Kameraden waren schon früher in ihre Zelte gegangen."

„Was geschah am Sonntag und haben Sie irgendetwas besonderes an Hoffmeisters Verhalten bemerkt?" insistiert der Inspektor.

„Am Sonntag sassen wir den ganzen Tag herum, grillten, spielten Karten und tranken. Nichts besonderes passierte, bis Frenchy und ein paar andere das Camp am späten Abend mit ihren Pferden verliessen. Wohin weiss ich nicht. Sie kamen erst am nächsten Morgen in der Frühe
zurück, dann bin ich wach geworden, schlief dann aber wieder ein."

„Und sonst nichts besonderes?"

„Doch, nachdem es hell geworden war, einige Stunden später, zündete ich das Lagerfeuer an und weckte die Kollegen in ihren Zelten und dann Frenchy und Highland in Highlands Zelt. Beide schliefen noch fest. Highland stand kurz danach auf, packte seine Tasche, Frenchy blieb aber noch liegen und sagte zu mir, ich solle seinen Tuckerbag und die Satteltaschen packen."

Nach einer kurzen Pause fährt Moody fort

„Wir gingen alle schon zum Feuer und begannen mit dem Frühstück. Frenchy kam später nach. Anschliessend ging er noch einmal zu Neils Zelt und kam mit einem Brief in der Hand zurück. Ich konnte die Briefmarke auf dem

Umschlag genau erkennen, ich stand nur zwei oder drei Meter entfernt. Er murmelte etwas wie „ich verbrenne jetzt diesen Brief und dann bin ich ok." Neil Highland fragte ihn noch, warum er denn den Brief verbrenne, ob er ihm vielleicht irgendwelche Schwierigkeiten bereite. Ein anderer meinte, Frenchy sei ja wohl ein seltsamer Typ, oder so ähnlich."

„Und was geschah dann?" will der Inspektor wissen.

„Frenchy ging noch einmal zu Neils Zelt. Ich konnte nicht sehen, ob er hinein trat, aber er war ganz allein, niemand folgte ihm. Das nächste, was ich hörte, war ein Schuss, ein Stück weiter entfernt, Richtung Billabong. Vielleicht vierzig Meter vom Lagerfeuer entfernt. Einige von uns sind sofort hingerannt und sahen Frenchy am Boden liegen, etwas seitlich auf dem Rücken. Wir haben keine weitere Person dort gesehen. Blut trat aus Nase und Mund, er war schon tot, als wir eintrafen. Neben seiner rechten Hand lag ein Revolver, in Höhe seiner Hüfte. Ich rief laut: "Frenchy hat sich erschossen! Kommt alle her!" Ein anderer murmelt leise: „Ich glaube kein Wort davon!""

„Glauben Sie, dass es Selbstmord war und was könnte der Grund gewesen sein?"
fragt der Inspektor.

„Ich nehme an, dass er sich selbst erschossen hat, weil die Waffe direkt neben ihm lag. Aber warum, das kann ich nicht sagen,

Sir. Ich kann mir eigentlich keinen Grund vorstellen."

„Vielen Dank, Herr Moody. Sie können sich wieder setzen. Wir führen die Befragung der Zeugen fort."

Der Inspektor befragt auch die übrigen Gewerkschafter, die am Montag am Combo-Wasserloch aufgegriffen und verhaftet wurden. Alle Zeugen bestätigen dem Grunde nach die Aussagen von Neil Highland und William Moody, wonach sich Samuel Hoffmeister selbst erschossen haben muss. Es bleibt zwar nur bei Vermutungen, auch widersprechen sich einige Aussagen in Details, wie schon während der ersten beiden Vernehmungen. Es lässt sich nach den Vernehmungen aber nicht eindeutig klären, wie die letzten Minuten von

Hoffmeisters Lebens abliefen. Im wesentlichen nehmen alle Zeugen an, es habe sich um Selbstmord gehandelt. Lewis Murray, einer der weiteren Zeugen, gibt aber zu Protokoll, kurz nach dem Schuss einen Polizisten gesehen zu haben. Der Inspektor fragt aber nicht weiter nach.

Oder endete mein Leben völlig anders?

Habe ich mich wirklich selbst erschossen? Wie sind meine letzten Minuten tatsächlich abgelaufen? Ja, ich bin mit meinen Kollegen in der Sonntagnacht vom Camp am Combo-Billabong zur Dagworth-Station geritten und habe beim Brandanschlag die Führung übernommen. In einem Brief aus Brisbane, den ich erst vor zwei Tagen von der Postkutsche in Kynuna abgeholt hatte, erhielt ich von der Gewerkschaftsführung die Information, wonach McPherson am Montag von Streikbrechern auf Dagworth 140 Schafe scheren lassen wollte. Mein Auftrag war es, dies um jeden Preis zu verhindern.

Am Morgen des darauf folgenden Montags, nach Rückkehr von unserer erfolgreichen Aktion, verliess ich das Camp am Combo-Billabong nach dem Essen zu Fuss. Ich hatte nur meine Matilda-Decke, den Tuckerbag und meinen Teekessel dabei. Meinen Colt und mein Pferd gab ich William Moody und bat ihn, bis zum Abend darauf aufzupassen. Dann entfernte ich mich vom Lager und wanderte etwa eine Stunde lang am Diamantina-Fluss entlang. Mich überfiel plötzlich eine Müdigkeit, denn ich hatte ja in der Nacht noch kein Auge zugemacht. Ich suchte mir einen bequemen Platz unter einem hohen Eukalyptusbaum zum rasten, zündete ein Feuer an und kochte mir einen Tee.

In der Stille gelingt es mir, meine Gedanken zu ordnen. Ich fühle mich erleichtert, dass ich einen weiteren wichtigen Auftrag unserer Gewerkschaft erfolgreich erfüllen konnte. Als ich in nächster Nähe etwas rascheln höre, drehe ich mich um und entdecke ein Schaf, das mit seinen Hufen behutsam auf die trockenen Äste am Boden tritt. Es sucht gemächlich seinen Weg zum Wasser, um bei Einbruch des Tages seinen Durst zu löschen. Es ist ein prächtiger Bock, schön anzusehen. Ich verfolge das Tier zunächst mit meinen Blicken, dann springe ich auf, werfe ihm meinen Tuckerbag über den Kopf und stürze es seitlich zu Boden. Ein kurzer Stich in den Hals und das Tier ist tot. Die schönsten Stücke Fleisch schneide ich mir zum Grillen heraus, stopfe noch ein paar Filets in meinen Sack. Den Rest des Schafes lehne ich an einen Baum und decke es mit seiner Wolle zu.

Als ich friedlich an einen alten Coolibah-Baum lehnend meinen Tee schlürfe, kommen vier Reiter auf mich zu. Damit hatte ich zu dieser Zeit und an diesem abgelegenen Ort nicht gerechnet. Es sind drei Polizisten und ein Farmer. Ich erschrecke, stelle mich aber entspannt.

„Wir suchen nach dem kaltblütigen Mörder eines kleinen Aboriginal-Jungen. Sein Name ist Harry Wood."

„Die Beschreibung könnte passen" ruft ein anderer Polizist seinen Kollegen zu.
„Nehmen wir ihn fest!"

„Was machst du hier im Busch? Und was hast du da in deinem Tuckerbag?"

„Nichts!“
antworte ich verdutzt,
„ich ruhe mich hier aus.“

Einer der Polizisten steigt von seinem Pferd herab, schreitet langsam auf mich zu mit seinem Gewehr im Anschlag. Er entdeckt, dass Blut aus meinem Tuckerbag herausläuft. Er sieht nach und findet Fleischstücke des Schafs, teilweise noch mit Fell.

„Nur ein Schaf!“
ruft er den anderen zu.

„Es ist eines meiner Schafe“
brüllt der Farmer von seinem Pferd herab.

„Du Dieb!“

Ich entgegne
„es ist jetzt mein Schaf, ich habe
es selbst gefangen und getötet.
Mundraub ist kein Verbrechen!"

„Anyway, du kommst jetzt mit uns zur
Polizeiwache. Steh auf und pack
deine Sachen."
sagt der Polizist und besteigt
wieder sein Pferd.

Mir jagt durch den Kopf, was auf
der Wache passieren könnte. Jetzt,
im Halbdunkel, haben sie mich nicht
erkennen können und halten mich
vielleicht für den Mörder
des Jungen. Wenn sie mich morgen mit
dem Bild auf meinem Steckbrief
vergleichen, werden sie mich für
meine Brandanschläge verurteilen und
für lange Zeit hinter Schloss und
Riegel bringen. Nichts fürchte ich

als freiheitsliebender Swagman mehr als die Unfreiheit.

Ich fasse blitzschnell einen Plan. In aller Ruhe rolle ich meine Matilda zusammen, binde die beiden Enden mit der Schnur fest, wie man es im Outback immer macht. Dann stehe ich auf, schwinge die Decke einmal über meinem Kopf herum und werfe sie mit aller Kraft in Richtung der Reiter. Die Pferde scheuen, gehen hoch und werfen drei der Reiter zu Boden.

„Ihr kriegt mich nicht lebendig!" schreie ich noch aus voller Brust, während ich sofort ins Wasser springe. Ein paar grosse Schritte im flachen Wasser des Ufers, dann wird es tiefer und ich tauche unter.

Pferde und Reiter haben sich inzwischen wieder von ihrem kurzen Schock erholt und eilen zum Ufer. Aber ich tauche nicht mehr auf. Meine Leiche findet man erst am nächsten Tag, im Morast des Combo-Billabong, ganz in der Nähe des Lagers der Streikenden.

Diese Geschichte stammt aus der Feder von Banjo Paterson und entspricht in etwa den Versen seiner Ballade Waltzing Matilda. Sie ist leider auch nicht zutreffend. Aber was hat sich wirklich am Billabong abgespielt?

Amtliche Beurkundung

Die Zeugenanhörung in der kleinen Polizeistation in Kynuna wird am 6. September 1894 fortgesetzt. Zunächst tritt Konstabler Austin Cafferty nach vorn in den Zeugenstand und sagt unter Eid aus.

„Ich heisse Austin Cafferty und bin Senior Konstabler, zur Zeit in der Polizeistation von Kynuna stationiert. Am letzten Montag kam Mr. McCowan zu mir auf die Wache und meldete, dass sich an diesem Tag ein Mann selbst erschossen hätte, ein paar Meilen von Kynuna entfernt. Ich bin sofort zu dem genannten Ort geritten und fand dort den Leichnam eines Mannes, der von den Zeugen dieser Anhörung als Hoffmeister, genannt „Frenchy", identifiziert wurde."

„Was fanden Sie am Fundort der Leiche genau vor?" will Sub-Inspektor Dillon, der Leiter der Zeugenanhörung, wissen.

„Die Leiche lag auf dem Rücken, Kopf und Schultern leicht nach links gedreht. Der Fundort war vielleicht sechs oder sieben Meter von dem nächsten Zelt des Camps entfernt. In dem Lager übernachteten etwa 10 Männer. Die Leiche war vollständig bekleidet, Stiefel, hellbraunes Hemd, darunter ein ärmelloses Unterhemd, und eine lange dunkle Hose. Ich untersuchte den Leichnam genau und fand frisches Blut, das aus dem Mund austrat."

berichtet Cafferty ruhig und unaufgeregt. Man merkt ihm seine jahrelange Routine an.

Dillon möchte nähere Auskünfte zum Zustand der
Leiche:

„Haben Sie Spuren eines Kampfes, Kratzer oder Wunden an der Leiche vorgefunden?"

„Nein, Sir. Keine Wunden am Körper oder sonstige Spuren eines Kampfes. Ich untersuchte den Boden unter und neben der Leiche, konnte aber keine Anzeichen einer Rauferei oder eines Handgemenges erkennen. Weder Hose noch Hemd waren zerrissen, nur alles völlig durchnässt und voller Schlamm. Dicht neben seiner linken Hand in Höhe seiner Brust fand ich einen Revolver mit fünf Schuss Munition. Eine Patrone fehlte. Highland, einer der Zeugen der gestrigen Anhörung, erklärte mir, die Waffe gehörte dem Verstorbenen. Dann habe ich noch die Taschen der Leiche durchsucht und stiess auf einen Mitgliedsausweis der Schafscherer-Gewerkschaft im Namen des Verstorbenen. Schliesslich brachte ich die Leiche zur Kynuna-Farm in der Nähe des Fundortes. Später fand dort die Obduktion durch Dr. Wellford statt. Die Patrone, die der Arzt in Frenchy's Kopf fand, nahm ich als Beweisstück an mich. Im Vergleich mit den in der Pistole verbliebenen Patronen stellte sich heraus, dass sie alle vom gleichen Typ waren, allerdings diejenigen im Revolver erschienen mir etwas schwerer. Das ist alles, was ich zu sagen habe."

„Vielen Dank, Mr. Cafferty. Wir kommen nun zur Befragung des Gerichtsmediziners, Dr. Francis Wellford. Bitte treten Sie vor und schildern dem Gericht, was das Ergebnis Ihrer Obduktion war."

„Mein Name ist Francis Wellford, ich bin geprüfter praktizierender Arzt aus Winton, Gerichtsmediziner, bestellt von der Regierung in Queensland. An diesem Nachmittag obduzierte ich eine Leiche, die mir von dem letzten Zeugen vorgelegt wurde. Ich fand eine Schusswunde am Kopf vor, die eine Verletzung des Gehirns verursacht hatte. Eine Kugel war vom Mund, in Höhe des Gaumens, etwas links von der Mitte, in den Schädel eingedrungen und gelangte vollständig durch das Gehirn, die Schussrichtung von vorn nach hinten, leicht ansteigend. Die Kugel entdeckte ich vor dem Ende des Schädels zwischen den Hirnmembranen, sie war nicht aus dem Kopf heraus getreten. Allerdings war die Rückseite des Schädels durch den Anprall der Kugel verletzt."

„Vielen Dank, Dr. Wellford. Haben Sie bei der Untersuchung der Leiche irgendwelche Besonderheiten feststellen können, die auf einen Kampf hinweisen könnten?"

„Nein, Sir. Äusserlich konnte ich am Leichnam nichts besonderes erkennen. Als ich die weiteren inneren Organe untersuchte, entdeckte ich ausser einer etwas vergrösserten und harten Leber keine Anzeichen irgendwelcher Krankheiten oder Verletzungen. Der Inhalt seines Magens zeigte mir, dass er kurz vor seinem Tod noch eine

Mahlzeit eingenommen hatte. Meiner Auffassung nach konnte der Mann den Schuss nur selbst ausgelöst haben. Er führte mit Sicherheit zum sofortigen Tod."

Nach einer kurzen Atempause fährt der Doktor fort:

„Beerdigt haben wir ihn gestern, am Dienstag, den 5. September. Sein Grab liegt auf dem Gelände der Kynuna-Station von Mr. McColl McCowan ausserhalb der Farmgebäude, abgedeckt mit einem Hügel aus Kieselsteinen. Anwesend beim Begräbnis waren der Polizei-Magistrat Ernest Eglinton und ich. Abschliessend habe ich die amtliche Sterbeurkunde angefertigt."

Ein Lied geht um die Welt

Über die Jahre entstanden zahlreiche Varianten des Textes und der Melodie, zum Teil sogar als Mischung der beiden ursprünglichen Versionen, der von Christine McPherson - der schottische Craigielea-Marsch und derjenigen, die Miss Pene vorschlug - das englische Lied „The Bold Fusilier". In der Region Winton und später in ganz West-Queensland wurde Waltzing Matilda sehr populär. Aber es schaffte noch nicht den ganz grossen Durchbruch. Bis zu diesem Zeitpunkt existierte nämlich noch keine gedruckte Veröffentlichung der Ballade. Deshalb blieb auch der Siegeszug von Waltzing Matilda zunächst noch regional begrenzt.

Die Leute sangen das Lied begeistert bei öffentlichen Veranstaltungen und in den Pubs. Einige fertigten private handschriftliche Notizen zum Text an. Auch die Swagmen lernten schnell die Verse auswendig und sangen Waltzing Matilda voller Inbrunst bei ihren langen Wanderungen von Farm zu Farm, bei der Arbeit und am Lagerfeuer. Vielen der Schafscherer war natürlich bewusst, wer mit dem berühmten „Swagman" in dem Lied gemeint war.

Für den Dichter Banjo Paterson selbst bedeuteten seine Verse offensichtlich wenig. Ausserdem dürfte die Ballade ihn zu sehr an das unerfreuliche Ende seiner beiden Beziehungen mit Christine McPherson und seiner langjährigen Verlobten Sarah Riley erinnert haben. Im Jahre

1902, also sieben Jahre nach der denkwürdigen Erstaufführung im North Gregory Hotel in Winton, verkaufte er die Rechte an seinen Versen von Waltzing Matilda und anderen weniger bekannten Gedichten für zusammen nur 5 Pfund an den Verlag Angus & Robertson in Sydney. 5 Pfund entsprechen nach heutigem Geldwert etwa 450 €.

Paterson hatte gerade seine Karriere als Rechtsanwalt in Sydney beendet. Künftig wollte er sich nur noch mit dem Schreiben von Gedichten und Büchern sowie dem Verlegen einer Zeitung beschäftigen. Im Jahre 1903 wurde er Herausgeber der „Sydney Evening News". Am 8. April 1903 heiratete er Alice Emily, mit der er zwei Kinder bekam.

Angus & Robertson veräusserten die Copyrights an Waltzing Matilda kurz nach dem Erwerb weiter an die Firma Inglis & Co, die Eigentümerin der Billy Tea Company. James Inglis muss sehr weitsichtig gewesen sein, als er den Song zu einer landesweiten Werbemassnahme für seine Teeprodukte umfunktionieren liess. Einer Mrs. Marie Cowan, der Ehefrau des Geschäftsführers von Inglis & Co, gelang es, Text und Musik anzupassen und teilweise so zu verändern, dass aus der bisherigen Ballade ein populärer Song mit hoher Werbewirkung entstehen konnte.

Marie Cowan hatte sicherlich keinen persönlichen Bezug zu den dramatischen Ereignissen im Jahre 1894 auf der Dagworth-Station und am Combo-Billabong. Sie sollte lediglich aus der eingängigen

Melodie, die in einem Teil Queenslands schon eine gewisse Popularität erlangt hatte, einen mitreissenden Werbesong für eine australienweite Teemarke entstehen lassen. Marie Cowan erfüllte diese Aufgabe sehr erfolgreich. Sie versandte eine Kopie des überarbeiteten Songs an Paterson, den Urheber der ursprünglichen Verse. Paterson antwortete ihr in einem Telefongespräch, er sei einverstanden und ihm gefalle ihre neue Version. Hier ist sie:

Once a jolly swagman camped by a Billabong,
Under the shade of a Coolibah tree;
And he sang as he watched and waited till his billy boiled,
„You'll come a-waltzing Matilda with me.

Waltzing Matilda, Waltzing Matilda,

You'll come a-waltzing Matilda with me."

And he sang as he watched and waited till his billy boiled,

„You'll come a-waltzing Matilda with me."

Down came a jumbuck to drink at the billabong,

Up jumped the swagman and grabbed him with glee;

And he sang as he shoved that jumbuck in his tucker-bag,

„You'll come a-waltzing Matilda with me.

Waltzing Matilda, Waltzing Matilda,

You'll come a-waltzing Matilda with me."

And he sang as he shoved that jumbuck in his tucker-bag,

„You'll come a-waltzing Matilda
with me."

Up rode the Squatter mounted on his
his thorough-bred;
Down came the troopers, one two three
„Whose that jolly jumbuck you've got
in the tucker-bag?
You'll come a-waltzing Matilda
with me."

Whose that jolly jumbuck you've got
in the tucker-bag?
„You'll come a-waltzing Matilda
with me."

Up jumped the swagman and sprung into
the billabong,
„You'll never catch me alive" said
he;
And his ghost may be heard as you
pass by that billabong,

You'll come a-waltzing Matilda with me.

Waltzing Matilda, Waltzing Matilda,

You'll come a-waltzing Matilda with me."

And his ghost may be heard as you pass by that billabong,

„You'll come a-waltzing Matilda with me."

Marie Cowan fand, der Song müsse etwas lockerer werden, um ihre Teetrinker glücklich und positiv einstimmen. Deshalb hat sie den Swagman zu einem fröhlichen Buschmann gemacht und sogar der Schafbock wurde zum vergnügten Schaf. Damit wurde natürlich die gesamte Wesensart des Liedes drastisch verändert. Auch den Refrain hat sie vereinfacht. Patersons Vers „"Who'll come a-waltzing Matilda, my darling" kürzte sie zu nur noch „Waltzing Matilda, Waltzing Matilda". Vom ursprünglichen Charakter als Ballade über einen Helden blieb nichts mehr übrig, was Banjo Paterson wohl gefallen haben muss.

James Inglis liess ab dem Jahr 1903 jedem seiner verkauften Päckchen Billy-Tee ein Notenblatt von Waltzing Matilda mit diesem neuen Text beilegen. So begann der unaufhaltsame Siegeszug des Liedes durch ganz Australien.

Man kann sich vorstellen, wie stolz Banjo Paterson über diese Entwicklung war, als er bei einer Truppenparade zu Beginn des ersten Weltkrieges die australischen Soldaten Waltzing Matilda singen hörte. Er soll gesagt haben: "Ich habe zwar nur einen Fünfer für den Song bekommen, aber es ist mir eine Million wert, zu hören, wie leidenschaftlich die Jungs das hier singen!"

Die australischen Soldaten nehmen das Lied mit nach Europa und singen es inbrünstig und beschwörend in den Schützengräben des ersten Weltkrieges. Es dauerte noch bis zum Jahre 1927 bis eine erste offizielle Tonaufnahme von Waltzing Matilda entstand. Aber erst am Ende der 30er Jahre des 20. Jahrhunderts gelang auch der internationale Durchbruch, als die von Peter Dawson gesungene Version von allen Radiosendern weltweit gespielt wurde. Auch im zweiten Weltkrieg sangen die australischen Soldaten wieder Waltzing Matilda an allen Fronten und voller nationaler Emotionen. Sie mögen wohl in ihrem leidenschaftlichen Kampf gegen Hitler-Deutschland nicht gewusst haben, dass der ursprüngliche Protagonist ihrer geliebten Ballade ein Einwanderer aus Deutschland war.

Bis heute haben viele Künstler mit ihren eigenen Interpretationen des Songs ein wachsendes Publikum weltweit erfreut. Waltzing Matilda wurde in vielen Sprachen veröffentlicht. Es entwickelte sich schliesslich zu einem der am meisten verbreiteten Songs der Welt. Berühmte Pop-Sänger, wie der legendäre australische Countrysänger Slim Dusty, Olivia Newton-John, Bon Jovi, Joan Baez oder Rod Stewart, liessen immer wieder neue Abwandlungen für Melodie, Text und Rhythmus entstehen, mit Chor und Orchester oder a cappella. Auch

Musicals und Kinofilme sind auf der Basis von Waltzing Matilda entstanden.

Die Rechte an Waltzing Matilda gingen im Jahre 1941 an die Carl Fischer Music Inc. in New York. Als der Song im Jahre 1996 bei den Olympischen Sommerspielen in Atlanta als offizielle Hymne für die australische Mannschaft gespielt wurde, musste Australien Lizenzgebühren an Carl Fischer Music entrichten - ein absurder Streich der Geschichte.

Auch bei der Schlussfeier der olympischen Sommerspiele in Sydney im Jahre 2000 wurde das Lied aufgeführt. Beinahe wäre es zur australischen Nationalhymne gewählt worden. Die Labor-Party stimmte im Parlament dagegen, vielleicht fürchtete sie, dass eines Tages die wahre Geschichte hinter der Story ans Tageslicht treten könnte. Für viele Australier bleibt aber bis heute Waltzing Matilda die inoffizielle Nationalhymne, sie bewegt stärker ihre Herzen als es die offizielle Hymne „Advance Australia Fair" vermag.

Die Vermutung liegt nahe, dass Waltzing Matilda ohne die geschickte Marketing-Massnahme von Billy-Tee schon nach wenigen Jahren wieder im Outback verschollen wäre. Genauso, wie dann wohl auch die Geschichte des deutschstämmigen Schafscherers in Vergessenheit geraten wäre.

Was geschah wirklich am Billabong?

Es fällt mir schwer, mich an den genauen Ablauf meiner letzten Minuten zu erinnern. Soll ich mich tatsächlich in dem schlammigen Gewässer des Billabongs ertränkt haben? So, wie Banjo Paterson meinen heroischen Tod in seinen Versen schildert?

Warum hätte ich denn überhaupt Selbstmord begehen sollen? Als angesehenes Mitglied der Führungsmannschaft unserer Schafscherer-Gewerkschaft konnte ich grosse Erfolge im Kampf gegen die verhassten reichen Schafzüchter vorweisen. Also musste ich doch eigentlich an diesem letzten Lebenstag zwar erschöpft, aber glücklich und entspannt gewesen sein. Depressiv war ich keineswegs, ich war auch nicht betrunken und an einen Abschiedsbrief kann ich mich auch nicht erinnern. Ich kann mir deshalb nicht vorstellen, dass ich mich bewusst umgebracht haben soll. War es dann vielleicht ein Unfall? Oder war es gar Mord?

Wer könnte ein Motiv gehabt haben, mich zu töten? Es ist richtig, ich wurde steckbrieflich von der Polizei gesucht und auf meinen Kopf war eine Belohnung von 1000 Pfund ausgesetzt. Eine Riesensumme, wenn man bedenkt, dass ein Schafscherer für 100 geschorene Tiere gerade einmal 1 Pfund Lohn erhält. Sollten es also einzelne oder mehrere meiner Kollegen auf dieses für sie unvorstellbar hohe Kopfgeld abgesehen haben? Eigentlich fühlte ich mich zu jeder Zeit im Lager sicher, es herrschte eine grosse Solidarität unter uns Streikenden. Nein, ich glaube nicht, dass sie ihren Anführer verraten hätten.

Wer sonst könnte ein Interesse an meinem Tod gehabt haben? Für meinen persönlichen Feind, Bob McPherson, könnte persönliche Rache ein Motiv gewesen sein. Ausserdem war seine Dagworth-Station hoch verschuldet und er musste erheblich gelitten haben unter den wirtschaftlichen Folgen unserer beiden Streiks und des Brandanschlags. Damals kam es aus der Gewerkschaft heraus sogar zu einem Mordaufruf gegen ihn. Ich gehörte allerdings nicht zu dessen Urhebern. Bob und ich kannten uns seit dem ersten Streik und führten viele heftige Streitgespräche miteinander. Aber würde er sich in seinem Hass auf mich und die Gewerkschaft zu einem Mord hinreissen lassen?

Es war öffentlich bekannt, dass ich für die Brandanschläge der letzten Wochen verantwortlich war. Deshalb haben Polizei und Militär landesweit nach mir gefahndet. Nachdem der Arbeitskampf immer radikaler geführt wurde und sich die Situation weiter zu verschärfen drohte, verlegte die Regierung von Queensland über 1000 Soldaten in unsere Region. Der eskalierende Streik der Schafscherer sollte endlich befriedet werden. Längst ging es uns nicht mehr nur um Löhne und Arbeitsbedingungen für die Schafscherer. Unser Kampf hatte sich zu einer sozialen Revolte ausgeweitet und begann, auf andere

Kolonien überzuschwappen. Die örtliche Polizei in Kynuna musste unter einem riesigen Erfolgsdruck gestanden haben, die Auseinandersetzungen mit uns so schnell wie möglich zu beenden. Was lag da näher, als den Anführer so schnell wie möglich zu beseitigen?

Was geschah nun wirklich am Billabong? Könnte es sich vielleicht auch so abgespielt haben?

An die Nacht des Brandanschlags auf Dagworth erinnere ich mich sehr gut. Wir kehrten nach der erfolgreichen Aktion spät in der Nacht in unser Lager zurück, vom Regen durchnässt, aber glückstrahlend. Als erstes zündeten wir ein Lagerfeuer an, trockneten unsere Kleidung und bereiteten uns ein zünftiges Essen. Fleisch und Brot gab es, dazu Wein und Whisky - alles in grossen Mengen. Die Stimmung war ausgelassen, wir sangen unsere alten Buschlieder und fühlten uns wohl.

Irgendwann überfiel uns alle eine lähmende Müdigkeit. Der Alkohol trug sicherlich dazu bei. Schnell versorgten wir noch die Pferde und zogen uns nach und nach in unsere Zelte zurück. Bestimmt war es schon 4 oder 5 Uhr, denn der Himmel zeigte schon erste Anzeichen der Morgendämmerung. Ich selbst hatte kein Zelt mitgebracht, wollte im Freien übernachten. Da es aber so stark geregnet hatte, schlief ich mit im Zelt von Neil Highland, das er ganz am Rand des Camps aufgebaut hatte.

Am späteren Morgen hatte sich der Regen beruhigt, wir schliefen alle unseren Rausch aus. Vielleicht war es 10 oder 11 Uhr am Vormittag dieses Montags, als einige unserer Pferde nervös wurden. Eine Gruppe von Reitern hatte sich unserem Camp genähert, waren schon weit vorher abgestiegen und zu Fuss auf uns zu gelaufen. Sie wollten uns in unseren Zelten überraschen, was ihnen auch gelang. Überfallartig mit gezogenen Pistolen und Gewehren im Anschlag weckten sie uns barsch aus dem Schlaf und zerrten uns aus den Zelten heraus. Ich kann mich nicht erinnern, wie viele Angreifer uns überfielen. Sie trugen Uniformen und müssen in der Überzahl gewesen sein.

Schnell haben sie meine Kollegen an die umliegenden Bäume gefesselt, mich haben drei oder vier Mann gepackt und aus dem Lager geschleppt. Ich wehrte mich lautstark durch Tritte und Schläge, war aber der Übermacht nicht gewachsen. Mindestens zwei Polizisten erkannte ich an ihren Uniformen. Ich musste voran gehen, eine Pistole drückte in meinen Nacken. Ich konnte keinen der Männer erkennen. Sie zerrten mich strampelnd und schimpfend etwa 40 oder 50 Meter weit vom Zelt meines Kollegen Highland fort. Sie müssen mich mit einem stumpfen Gegenstand auf meinen Kopf geschlagen haben, denn ich kann mich nicht mehr erinnern, was danach geschah.

Vielleicht ging dann alles ganz schnell: zwei oder drei Männer haben mich vielleicht aufrecht festgehalten, drehten mir die Arme auf den Rücken. Ein weiterer hat dann vielleicht seine Pistole gezückt, während einer der anderen Männer mir dann wohl den Mund aufgerissen und blitzschnell hinein geschossen haben muss. Ich war sofort tot. Schnell hat wohl einer der Männer meine Pistole aus meiner Gürteltasche genommen und einen weiteren Schuss in die Luft abgegeben haben. Es sollte eine Kugel aus meiner Waffe fehlen. An eine mögliche spätere ballistische Untersuchung der Todeskugel hat offensichtlich in der hektischen Situation niemand gedacht.

Dann haben sie wahrscheinlich meine Leiche über den Boden geschleift und in einiger Entfernung in der Nähe des Billabong-Ufers abgelegt. Sie drehten meinen Körper auf den Rücken, halb zur Seite. Meine Pistole platzierten sie neben meine rechte Hand. Es sollte aussehen, als hätte ich mich selbst erschossen. So haben die Zeugen später auch berichtet.

Zurück im Camp, trat offenbar einer der Polizisten, wahrscheinlich ihr Vorgesetzter, vor meine immer noch verdutzten Kollegen. Sie waren entwaffnet worden und in Handschellen gefangen genommen. Der Polizist muss ihnen deutlich gemacht haben, was jetzt auf sie zukomme. Sie würden der Brandstiftung beschuldigt werden und hätten lange Gefängnisstrafen zu erwarten. Die meisten meiner Kollegen waren bereits vorbestraft. Sie kannten also die Haftbedingungen in Queenslands Gefängnissen im neunzehnten Jahrhundert aus eigener Erfahrung. Vermutlich spielte sich der Rest dieses Montagmorgens wie folgt ab.

Wurde den Kollegen vielleicht sogar Straffreiheit versprochen für den Fall, dass sie vor Gericht bestimmte Aussagen über meinen Tod machten? Sollten sie bezeugen, dass ich mich selbst am Billabong mit meiner eigenen Pistole erschossen habe. Es dauerte sicherlich nicht lange, bis die Kollegen die Situation verstanden und den Deal akzeptierten. Schliesslich kam es später zu den bekannten Zeugenaussagen, wonach jeder der Zeugen Selbstmord vermutete. Aber zu mehr als Vermutungen liess sich keiner der Zeugen auch auf Nachfragen des Richters bewegen. Allerdings zeigte die Befragung auch einige Widersprüche auf.

Das gerichtsmedizinische Gutachten kam ebenfalls zu dem Ergebnis, ich hätte meinen Tod wahrscheinlich selbst veranlasst. Eine hinreichende medizinische Begründung fehlte jedoch. Die genaue Tatzeit wurde nicht ermittelt, eine ballistische Untersuchung der Tatwaffe unterblieb. Man hätte vielleicht feststellen können, dass die tödliche Kugel gar nicht aus meiner eigenen Waffe stammte. Die Zeugenaussage des Polizisten Cafferty liess Zweifel daran aufkommen.

Wurde aus meiner Pistole überhaupt ein Schuss abgefeuert? Oder hat man nur eine Patrone herausgenommen? Fingerabdrucke auf meiner Waffe wurden nicht untersucht. Dass der Polizist Cafferty keine Kampfspuren am

Fundort meiner Leiche feststellte, rührt möglicherweise daher, dass der tödliche Schuss an einer entfernten Stelle abgegeben worden sein könnte. Wieso konnte er vor Gericht aussagen, er habe frisches Blut an Mund und Nase gesehen. Angeblich war er doch erst Stunden später am Fundort meiner Leiche. Ich bezweifle zudem, dass es nicht doch zu kleinen Kratzern am Arm, blauen Flecken oder zerrissenen Ärmeln an meinem Hemd gekommen ist. Kampflos hätte ich mich nämlich bestimmt nicht ergeben.

Und mein Geist lebt weiter

Aus den Polizei- und Gerichtsakten ergeben sich keine schlüssigen Beweise für meinen angeblichen Freitod. Notwendige kriminalistische Untersuchungen, die auch vor hundert Jahren schon bekannt und üblich waren, sind in meinem Fall unterblieben. Alle offiziellen Ergebnisse der Behörden stützen sich lediglich auf geäusserte Vermutungen einer kleinen Zahl von befragten Zeugen und Beamten. Somit bleiben berechtigte Zweifel an meiner tatsächlichen Todesursache. Handelt es sich hier vielleicht um eine der grössten Vertuschungen der australischen Geschichte? Oder war es im Nachhinein eine weise politische Vorgehensweise zur raschen Beendigung der im ganzen Land aufkeimenden sozialen Unruhen? Konnte mit meinem Tod soziale und wirtschaftliche Stabilität im Land zurück gewonnen werden? Die Wahrheit kann niemand mehr herausfinden, sie liegt mit mir in meinem Grab am Ufer des Diamantina River.

Ich bin darüber nicht bekümmert, hadere nicht mit meinem Schicksal. Ganz im Gegenteil, denn ich lebe weiter in einem der grossartigsten Folksongs der Welt. Und werde als ein nationaler Held verehrt, dem sein unbändiger Freiheitswille mehr wert war als sein eigenes Leben. Ich lebe fort in den Herzen des australischen Volkes, das sich mit mir identifiziert, jedes mal, wenn das Lied angestimmt wird.

In der wirklichen Geschichte im Jahre 1894 hat die Kugel in meinen Kopf nicht nur mein Leben beendet, sondern zugleich auch den langen Arbeitskampf der Schafscherer.

Ich vermute, dass meinen im Camp gefassten Kollegen nach Anweisungen von höchster Stelle Straffreiheit gewährt wurde, weil sie meinen Suizid bezeugten oder zumindest als vermutet darstellten. Keiner der Angreifer wurde später jemals für den Brandanschlag auf Dagworth angeklagt oder verurteilt. Alle meine Kollegen wurden nach ihren Zeugenaussagen frei gelassen. Kam es vielleicht in weiteren Geheimverhandlungen zu einer umfassenden Amnestie für die Gewalttaten aller Schafscherer? War es ein politisch bestimmter Straferlass ähnlich wie bereits bei der Eureka-Rebellion im Jahre 1854 in Victoria?

Historisch nachgewiesen ist jedenfalls, dass der Streik und sämtliche damit verbundenen Gewalttaten und Zerstörungen innerhalb weniger Tage nach meinem Tod beendet waren. Von Verurteilungen der Beteiligten ist nichts bekannt geworden. Im Gegenteil, einer meiner am Brandanschlag auf Dagworth beteiligten Kollegen wurde sogar später Mitglied im Parlament von Queensland.

Der eigentliche kulturhistorische Wert der Ballade liegt meiner Meinung nach nicht in ihrer in einfachen Versen erzählten Geschichte, die mit den tatsächlichen historischen Begebenheiten im Zusammenhang mit dem Streik wenig gemein hat. Vielmehr liegt ihre Stärke in einer geistvollen allegorischen Betrachtung der sozialen Ungleichheiten der damaligen Zeit. Der Schafzüchter steht für die kleine Schicht der Wohlhabenden, die teils gierig und voller Missgunst ihren Reichtum mehren, indem sie ihre Arbeiter ausbeuten. Ich als armer Swagman repräsentiere die Klasse der Mittellosen, die von ihrem Leben noch etwas mehr erhoffen, aber meist in Verzweiflung und bitterer Armut enden. Schliesslich erscheinen in der Ballade die Polizisten stellvertretend für den starken Arm des Staates, um für Recht und Ordnung zu sorgen. In sofern empfinde ich die Ballade als hochpolitisch.

Australiens Gesellschaft ist am Ende des neunzehnten Jahrhunderts wie in vielen anderen Ländern dieser Welt gespalten: hier die wenigen teils sehr wohlhabenden Grundbesitzer mit grossen Ländereien und oftmals hunderttausenden von Weidetieren. Und auf der anderen Seite das Heer der bettelarmen, meist notleidenden Arbeiter, häufig ehemalige Strafgefangene oder deren Nachkommen. Das Lied Waltzing Matilda traf damals mit seinen sozialkritischen Aussagen genau die Gefühle dieser Menschen. Mit zunehmender Popularität des Liedes ist der Druck auf die Politik gewachsen, diese soziale Ungleichheit zu beseitigen oder abzumildern.

Am Übergang vom neunzehnten zum zwanzigsten Jahrhundert wird in den australischen Kolonien schrittweise die Selbstverwaltung eingeführt. Im Jahre 1898 konstituiert sich die erste Verfassung, das Vereinigte

Königreich entlässt das Land im Jahre 1900 in die Unabhängigkeit. Ich bin stolz, dass unsere beiden Streiks, in Verbindung mit dem Streik der Hafenarbeiter in Sydney 1890, dem Streik der Minenarbeiter in Broken-Hill im Jahre 1892 wichtige Impulse für einen Wandel in der australischen Gesellschaft hervorgebracht haben. Schliesslich wurde die Zeit reif für eine starke sozialdemokratische Partei in Australien.

Damals, während unseres ersten Streiks im Jahre 1891 kam es bereits zur Gründung der australischen Labor-Party. Ich war seinerzeit in Barcaldine dabei, als am Sitz unseres Streikzentrums unter dem „Baum der Erkenntnis", dem berühmten „Tree of Knowledge", das Gründungsmanifest feierlich verfasst wurde. Seit dem erfolglosen und für uns entwürdigenden Ende des Streiks kämpft die neue Arbeiterpartei Labor auf allen politischen Ebenen für die Interessen der Arbeiter. Besondere Genugtuung bereitet mir, dass einer meiner am Streik beteiligten Kollegen, Thomas Joseph Ryan, der 1891 in Barcaldine ins Gefängnis gesperrt wurde, viele Jahre später Premierminister von Queensland werden konnte. Er nominierte überdies acht seiner damaligen Streik-Kollegen für sein Kabinett.

Ich wurde zur Person der Zeitgeschichte, obwohl meinen Namen kaum jemand kennt. Weltweite Berühmtheit habe ich in der Story erlangt, die Waltzing Matilda zugrunde liegt. Darauf bin ich sehr stolz. Im übrigen bin ich froh, dass die wahre Geschichte bis heute nicht bekannt geworden ist und der Mythos um meine Person wohl ewig bestehen bleiben wird.

Epilog

Die Scheren der Schafscherer klappern nicht mehr. Der Staub der unbefestigten Highways hat sich gelegt und kein Wanderarbeiter zieht mehr zu Fuss durch die unendlichen Weiten Queenslands. Nur eines ist davon übrig geblieben: Waltzing Matilda. Das Lied mit der grossen Melodie und der simplen Story wird nie sterben. Es bereitet uns immer noch eine Gänsehaut, wenn es gespielt und gesungen wird.

Der mysteriöse Swagman ist tot, aber sein Geist lebt weiter. Er erinnert uns an die alten Pionierzeiten, an die soziale Ungerechtigkeit der damaligen Zeit. Er mahnt uns, die mühsam erworbene Demokratie und unseren Wohlstand zu schätzen und zu bewahren.